Milan Weber

Irgendwas mit Buchstaben

Kurze und halblange Geschichten

An der K383, 35638 Leun
milan_weber@outlook.de
Druck: epubli – ein Service der neopubli GmbH, Berlin.

Für Anna

Allein am Gleis

(Un-)Glück

A wie Apfel

Drei Geschichten aus Albanien

Der Dudelsackspieler

Der neue Mensch

Herr Kehrer

Ein Sack voll Langeweile

Allein am Gleis

Ich stehe allein an einem Gleis. Menschen ziehen an mir vorbei wie Gespenster. Sie tragen Anzüge in grau und schwarz, Rucksäcke mit großen Schnallen und haben Rollkoffer bei sich, die über das Pflaster rattern. In meinem Ohr ein Summen, ein hohes Fiepen, das nicht verschwinden will. Ich möchte meinen Kopf gegen eine Wand hämmern, um es zum Schweigen zu bringen. Ich weiß, in einer halben Stunde wird es vorbei sein; mein Puls wird sich beruhigen, die Atmung wieder tiefer und langsamer werden, der Schweiß in meinen Augen und unter meinen Armen trocknen. Aber das spielt in diesem Moment keine Rolle. Eine halbe Stunde kann verdammt lang sein, wenn jedes Geräusch dich zusammenzucken lässt, jeder Lichtstrahl die Netzhaut reizt, alle Menschen dir zuschauen, wie du gerade an dir selbst zugrunde gehst, wenn ein Vogel, der gemütlich durch die Bahnhofshalle flattert, einem Ungeheuer gleicht und der Schatten, den er wirft, einer ewigen Dunkelheit. Dazu die immer gleichen Gedanken, Katastrophenbilder und Schreckensphantasien, die sich in deinen Kopf schleichen, um dich mürbe zu

machen, die vor einer Gefahr warnen, die nur eingebildet ist und sich doch so unheimlich real anfühlt.
Ich setze mich auf eine Bank. Neben mir ein junger Mann mit Einstichwunden an den Unterarmen. Er riecht nach Schmutz und Gefahr. Obwohl er sich nicht bewegt, warte ich darauf, dass er aufspringt und mich angreift, mir eine Spritze in den Hals rammt aus purer Bosheit.
Der Mann rührt sich. Er stöhnt. Offenbar hat er schlimme Schmerzen. Ich will ihm helfen, ihn schütteln und fragen, ob alles in Ordnung ist. Aber ich kann nicht. Ich fürchte mich vor ihm.
Ich stehe auf und gehe ein paar Schritte. Das Laufen fällt mir schwer. Der Boden wankt. Er ist ein Schiff und das Meer ist unruhig. Die große Uhr in der Bahnhofshalle schlägt vier. In zehn Minuten wird mein Zug einfahren und ich werde mich hineinsetzen müssen, ob ich es will oder nicht. Das Gespräch ist zu wichtig. So ein Stellenangebot finde ich nie wieder.
Meine Atmung wird flacher. Ich bilde mir ein zu ersticken. Ich torkle umher wie ein Betrunkener. Ich erreiche das Raucherquadrat. Die Farbe der gelben Markierung, die es absteckt, sticht mir in die Augen. Ich zünde eine Zigarette an und rauche sie in drei Zügen. Mein Gesicht wird taub.

Ich muss pissen und kotzen. Mein Körper signalisiert den Drang, sich zu entleeren, sich frei zu machen von allem Ballast. Er will sich vorbereiten auf eine unnötige Flucht.
Meine Gedanken drehen sich. Ich fürchte mich davor, bewusstlos zu werden, aufzufallen, damit preiszugeben, dass irgendetwas mit mir nicht stimmt.
Ich gehe zurück zu den Sitzplätzen. Der Junkie ist verschwunden, endlich. Ich habe nichts gegen ihn. Vielleicht ist er ein netter Kerl, der ein paar falsche Entscheidungen getroffen hat, wenn man es rational bedenkt. Aber rationale Gedanken sind nichts für ängstliche Menschen.
Ich setze mich. Meine Hände sind nass. Ich reibe ihre Innenflächen aneinander, um sie zu trocknen, aber es funktioniert nicht.
Ich schaue auf die Uhr. Fünf Minuten, bis der Zug einfährt, zwanzig, bis die Attacke vorbei ist.
Ich lockere meine Krawatte. Sie schnürt mir den Hals zu. Den Anzug habe ich extra für das Gespräch gekauft.
Ich öffne das Jackett. Auf dem Hemd sind dunkle Flecken. Kurz bilde ich mir ein, es wäre mein Blut und ich krepierte in den nächsten Minuten, einfach so. Aber es ist bloß Schweiß. Das ganze Hemd riecht danach.

Ich versuche, mich daran zu erinnern, was meine Psychologin mir geraten hat:
„Machen Sie sich Mut", hat sie gesagt. „Reden Sie sich gut zu, wie sie es bei Ihrem besten Freund machen würden."
Es funktioniert nicht. Die Angst hat alle Synapsen meines Gehirns im Griff.
„Denken Sie daran, dass Panik ein uraltes Gefühl ist, ein sinnvolles. Unsere Vorfahren mussten vor Mammuts weglaufen, das steckt noch in unseren Genen. Sie dient dem Überleben. Alle Reaktionen, die Sie spüren, das Herzrasen, der Schweiß, die flache Atmung, sind normal und wünschenswert. Sie zeigen Ihnen, dass Ihr Körper noch intakt ist."
Aber ich muss vor keinem Mammut weglaufen. Ich muss nicht ums Überleben kämpfen. Ich muss in einen Zug steigen.
„Atmen Sie in den Bauch, wenn es schlimmer wird. Das beruhigt."
Ich schließe die Augen, lege die zitternden Finger auf meinen Bauch und versuche meine Atmung zu spüren. Für einen Moment wird sie tiefer. Mein Bauch wölbt sich. Luft fließt. Dann stolpert jemand über meine Füße. Sie

entschuldigt sich und geht weiter. Prompt habe ich einen Anfall von Schnappatmung.

Ich hole die kleine Papiertüte aus meinem Rucksack und atme hinein. Es ist furchtbar peinlich, aber es hilft. Ich stelle mir vor, wie andere Menschen mich sehen: Ein Mann in einem stinkenden, durchgeschwitzten Anzug, an dem noch das Preisschild hängt, der energisch in eine Tüte atmet und nervös hin und her guckt, als sei er schon reif für die Klapse. Ich schäme mich.

„Stellen Sie sich ihr Angsttier vor, um die schlechten Gedanken zu vertreiben."

Mein Angsttier ist ein großer Affe mit rotem Fell. Er hat gelbe Augen.

„Machen Sie ihn lächerlich. Das nimmt der Angst ihre Kraft."

Ich setze dem Affen einen Zylinder auf und ein Monokel. Er bekommt die Beine von Bart Simpson und Steppschuhe, dazu einen Schlabberlatz. Jetzt sieht er tatsächlich ziemlich lächerlich aus. Aber ich kann das Bild nicht halten. Der Affe verschwindet.

Ich spüre meinen Puls. Er pocht hinter meinen Schläfen. Mein Herz schlägt also noch. Vielleicht platzt es bald.

Ich will weglaufen, raus aus dieser Situation, weg von diesen Menschen, allein sein, es aussitzen. Ich zwinge mich, das nicht zu tun.

Zehn nach vier. Mein Zug hat Verspätung.

Meine Hände sehen komisch aus, unwirklich und wie erträumt auf eine Weise, als gehörten sie nicht zu mir. Ich fühle mich leer.

Depersonalisation nennt das meine Psychologin: „Das Gefühl, irgendwie neben sich zu stehen, nicht ganz da zu sein, einer Maschine zu ähneln, sich selbst als fremd und nicht zu sich selbst gehörig wahrzunehmen. Eine normale Reaktion, eine Begleiterscheinung der Panik."

Bei mir löst es jedes Mal das Gefühl aus, den Verstand zu verlieren.

Langsam sollte die Attacke ihren Höhepunkt erreichen. Ich schaue auf mein Handy, tippe eine SMS, um mich abzulenken.

„Sie müssen es aussitzen", hat sie gesagt. „Das ist alles, was Sie tun können."

Ich schaue auf den Boden. Er bewegt sich. Die Fugen im Pflaster schlängeln sich. Normale Reaktion. Mein Gehirn ist auf hundertachtzig und fängt an, sich Dinge einzubilden. Es schwimmt in kochendem Wasser. Pures Adrenalin

pumpt durch meine Adern. Wie gern würde ich einen Marathon laufen.
„Ihr Gehirn hat noch nicht verstanden, dass ein Zug keine Gefahr darstellt. Es läuft ganz einfach: Sie sehen einen Zug. Sie wissen, dass Sie einsteigen müssen, wissen aber auch, dass Sie da nicht mehr rauskommen bis zur nächsten Station. Das verursacht Stress und Ihr Gehirn reagiert mit Panik und Fluchtreflexen."
Ich rauche noch eine Zigarette. Mein Mund ist trocken. Die Zigarette schmeckt nach aufgeweichter Pappe.
Ich verfluche mein Gehirn, weil es so bescheuert ist.
Zwanzig Minuten. Die Panik hat ihren Höhepunkt überschritten. Mein Parasympathikus schaltet sich ein. Mein Ruhenerv. Mein Puls wird langsamer. Ich kann wieder atmen. Dreißig Minuten. Die Panik flacht ab.
Der Zug fährt ein. Der Zug fährt ab, ohne mich. Ich stehe allein am Gleis. Ich habe Hunger und bin zu Tode erschöpft.

(Un-)Glück

Blasskühler Tau tropft von meinem Stamm. Ich recke den Kopf in die Höhe. Es ist früh, die Sonne steht noch tief. Eine Brise umweht mich. Ich tanze in ihrem Takt, neige meine Spitze in Richtung Osten. Der Wind weht immer nach Osten. Seit ich ein kleiner Keimling war, hat er seine Richtung nicht ein einziges Mal geändert. Ich mag den Wind. Er vertreibt die Wassertropfen, die sich auf meiner grünen Haut gesammelt haben und mich frösteln lassen, solange die Sonne schläft.

Ich grüße die anderen Halme um mich herum. Die meisten sind Freunde, mit einigen komme ich aus, wenige sind mir zuwider. Ihre Stiele sind lang und breit und sie prahlen, dass sie vom Glück geküsst sind, weil sie noch nie geschoren wurden. Sie tragen ihre spitzen Köpfe wie Kronen.

An dieser Stelle sollte ich hinzufügen: Sie, liebe Leserinnen und Leser, hören gerade die Geschichte eines Grashalms, der ihnen erzählen möchte, was er unter dem Wort Glück oder vielmehr unter Unglück versteht. Viele Fragen werden sich in ihrem Kopf auftun. Ein Grashalm, zum Donnerwetter, was soll das denn bitte?

Ich weiß, Sie gehen fest davon aus, in ihrem Leben noch nie einen unglücklichen Grashalm gesehen zu haben, aber ich bitte Sie trotzdem: Lesen Sie meine Geschichte, versuchen Sie, mich zu verstehen.

Also, wie ich bereits sagte, war es ein schöner Morgen, die Sonne wärmte mich, der Wind pfiff seine Lieder. Die ersten Momente des Tages sind immer die schönsten, wenn kein Lebewesen wach ist außer uns, die wir mit der Sonne zu neuem Mut erwachen.

Ich plauderte ein wenig mit den anderen Halmen, Nichtiges, Bruchstücke von Gesprächen, Träumen aus der vergangenen Nacht. Theo, ein Halm zu meiner Linken, klein und kümmerlich, eben erst geschoren und noch nicht wieder gänzlich erholt, erzählte mir von den Wolken, die am schwarzen Himmel über uns hinweggezogen waren. Leider hatte ich sie verpasst.

Dann geht das Gatter auf. Die Kühe brechen über uns herein, eine tägliche Sturmflut aus Gestank, Zähnen, Hufen, Getrampel, ätzenden, schiefen Tönen. Ich hasse die Kühe. Sie sind plumpe Geschöpfe. Sie sind unser Los, unser Feind, unser Leid. Wir sind schutzlos, ohne Schild

gegen sie. Wir tanzen im Wind, warten, bangen jeden Tag, dass sie an uns vorübergehen.
Sie zertrampeln unsere Halme, zerschneiden und verschlucken unsere Köpfe. Manchmal wünsche ich mir, ein wilder Halm zu sein, irgendwo im Wald. Ich habe Geschichten gehört von diesen Gräsern, sie werden mir zugeflüstert von Zeit zu Zeit. Komische Gesellen sind sie, so roh und unkultiviert, so frei in ihrer Art des Wachsens, so ungebunden. Sie dürfen blühen.
Wie gern würde ich eine Blüte austragen. Ich weiß, dass ich es kann, eine große, eine starke Blüte würde es sein, Bienen würden sich in ihr tummeln und allerhand Getier. Aber ich darf es nicht. Entweder die Kühe erwischen mich oder der Rasenmäher. Ich bin verdammt zu einem gestutzten Leben, zu einem Leben, das nur halb ist.
Jeden Tag hoffe ich, einen Zentimeter zu wachsen oder zwei, jeden Tag wird diese Hoffnung zerstört.
Sie sehen, liebe Leserinnen und Leser, es gibt unglückliche Halme. Sie seufzen und weinen um ihre Köpfe, doch niemand schert sich um sie.
Eine Kuh trabt gefährlich nah an mich heran. Sie kaut und schluckt, meine Freunde und Nächsten in ihren, Rachen. Ich höre ihre entsetzten Schreie. Brei sind sie geworden,

pure Nährstoffe für ein Lebewesen, das das Leben nicht verdient hat.
Bitte, lass diese Kuh an mir vorübergehen!
Ihr Kopf senkt sich, das Maul, es stinkt nach Tod. Sie schnappt zu, nur einen Hauch an mir vorbei. Theo ist verschwunden, schon wieder. Von ihm übrig bleibt eine Wurzel. In ein paar Tagen wird sein Körper sich erholt haben, doch die Narben werden bleiben.
Ich atme auf. Sie stapft über mich hinweg. Ich sehe ihren Bauch, den Euter, den Schwanz. Gleich habe ich es geschafft, der Blüte einen Schritt näher, den Bienen, der Freiheit.
Mit einem Mal wird es dunkel. Ein Fladen, zentnerschwer, begräbt mich unter seinem Gewicht. Ich kann kaum atmen. Wo ist die Sonne? Ich fühle mich schwach. Ich schwinde, keine Hoffnung, meine Blüte in so weiter Ferne, ein unglückliches Leben, das ich führe.

A wie Apfel

Ich öffne die Tür und stehe in einem kargen Klassenzimmer. Die Schüler sind schon da. Mein Herz pumpt in meinem Hinterkopf. Sie sitzen, starren mich an, die Hände gefaltet, wie abkommandiert. Vierzehn Jungs, wenig jünger als ich selbst. Ich soll sie unterrichten, alphabetisieren, weiß Gott, wie ich das anstellen soll!

Ich habe keinen Plan, keine Ahnung, keine Erfahrung. Sie vertrauen mir. Ich schaue in wache Augen, Gesichter aus Granit, geschwungene Münder, die sprechen lernen wollen. Sie sind so ruhig und konzentriert. Sie wissen, dass ich ihre einzige Chance bin in diesem Land, das sie nicht will, ihre Möglichkeit, eine neue Heimat zu finden, weil ihre alte in Trümmern liegt.

Mein Körper positioniert sich hinter dem Lehrerpult. Bleibe ich hier stehen, setze ich mich darauf, um lässiger zu wirken, oder soll ich lieber in Bewegung bleiben, damit sie die Aufmerksamkeit nicht verlieren? Kalter Schweiß fließt an meinen Achseln hinunter.

Ich schreibe meinen Namen an die Tafel.

„Martin“, lese ich ihnen vor.

Sie lächeln, tuscheln, tauschen sich aus. Ich will sie fragen, was so lustig ist an meinem Namen ist, aber ich kann es mir denken: Die ganze Situation ist lustig, bizarr auf eine verträumte Weise, wie die Geschichte eines Fremden, der man glaubt, obwohl man weiß, dass sie erlogen ist.
Ich frage nach ihren Namen. Sie schütteln ihre Köpfe. Sie verstehen mich nicht. Hätte ich mir denken können. Sie sind ja hier, in meinem Unterricht, eben weil sie mich noch nicht verstehen.
Ich spreche sie auf Farsi an. Drei Brocken habe ich mir selbst beigebracht. Ein Lächeln huscht über ihre Lippen, verschmitzt und mitleidig zugleich. Meine Aussprache muss furchtbar sein. Sie antworten mir. Unverständliche Laute. Ich denke darüber nach, einfach zu verschwinden, die Klinke in die Hand zu nehmen, den Flur hinunterzurennen, mich in die nächste Bahn zu setzen und meinen hochroten Kopf unter der Bettdecke zu verstecken. Wie, zur Hölle nochmal, kann ich euch etwas beibringen? Es liegt doch so vieles zwischen uns, ein tiefer Graben aus Sprache und Kultur.
Reiß dich zusammen! Sprich, sprich einfach weiter, damit sie nicht merken, dass du dem Ganzen hier nicht

gewachsen bist! Hör auf rumzurennen. Setz dich auf das Pult. Bleib einfach cool.
Ich kremple die Ärmel hoch, schiebe meine Brille zurecht und schreibe ein A an die Tafel, dann ein B, gefolgt von C und D, alle Großbuchstaben und sie schreiben fleißig mit. Sie wollen nichts verpassen, nicht einen Ton, den ich von mir gebe. Sie wissen, dass meine Aussage vor irgendeinem Beamten oder Richter darüber entscheiden kann, ob sie bleiben dürfen. Ich will diese Verantwortung nicht. Ich unterschreibe euch alles, aber tut mir das nicht an. Ich zergehe unter ihren Hoffnungen. Sie sind so alt wie ich.
Mit der Kreide zeige ich auf den ersten Buchstaben, spreche ihn aus, so deutlich ich kann: „Aaaaaa."
Meine Hände formen eine ausgedehnte Geste, die sie einladen soll.
Mein Mund sagt: „Zusammen."
Sie antworten: „Aaaaa."
Ich spüre, wie mein Puls sich langsam beruhigt. Meine Daumen zeigen nach oben. Ein erster Schritt, ein kleiner. Alle anderen Buchstaben klingen für sie immer noch wie ägyptische Hieroglyphen. Ich gehe die Buchstaben mit ihnen durch, B, C, D, E. Sie tauen auf, melden sich, wenn ich etwas wiederholen soll.

Dann bitte ich sie, ihre Namen aufzusagen. Ich lege die flache Hand auf meine Brust und sage: „Ich heiße Martin. Wie heißt du?“

Stille. Backsteine in ihren Ohren. Einer der Jungs hebt die Hand. Schlaksig ist er und dünn. Er steht auf, hält mir sein Handy an den Mund. Ich wiederhole meine Frage. Die kratzige Computerstimme eines Übersetzers ertönt. Ein Raunen geht durch ihre Reihen, gefolgt von einem verständigen Murmeln.

So kann es weitergehen. Der Reihe nach legen sie die Hand auf ihre Brust und folgen meinen Worten.

„Ich heiße Hassan. Wie heißt du?“

Der Nächste: „Ich heiße Tamir“, eine kurze Pause, in der Tamir die neuen Worte in eine Reihenfolge bringt. „Wie heißt du?“

Ich notiere mir ihre Namen, so gut es geht, in Lautschrift. Ich wiederhole mit ihnen das Alphabet und bitte sie, ihre Namen aufzuschreiben.

„Schreiben“, sage ich, während meine Finger mit einem unsichtbaren Stift über ein noch unsichtbareres Blatt Papier fahren.

Sie senken ihre Köpfe. Stifte werden herumgereicht, Minen brechen. Ich schreite ihre Reihen ab.

Tamir ist ein menschlicher Bär. Seine Hände ähneln Tatzen, das halbe Gesicht ist von einem dichten, schwarzen Bart bedeckt.

Er fummelt nervös mit dem Stift herum, hält ihn mit Daumen, Mittel- und Zeigefinger fest und schaut den anderen über die Schulter. Kann es sein, Tamir, dass du noch nie einen Stift in der Hand hattest?

Ich stelle mir vor, wie diese Hände einen Spaten halten. Sie sehen aus wie zum Spatenhalten gemacht. Ich sehe Tamir vor mir, wie er Löcher schaufelt für irgendeinen Kriegsherren, während im Hintergrund die Bomben fallen. Wie gern würde ich ihn fragen, warum er nicht schreiben kann.

Ich lege ihm den Stift zwischen Daumen und Zeigefinger. Gemeinsam schreiben wir ein T. Ich halte meine Hand in die Luft. Er schlägt ein. Seine braunen Augen liegen wie Wassertropfen in ihren Höhlen. Was sie gesehen haben, übersteigt meine Vorstellungskraft. Ich schaue an Tamir herunter. Er ist ungefähr zwanzig und hat gerade seinen ersten Buchstaben zu Papier gebracht.

Bei den anderen klappt es besser. Sie stellen Namensschilder auf, Gesichter wie Kinder, die keine Kindheit haben durften. Ich klatsche in die Hände, hebe wieder meinen Daumen, dann verteile ich Zettel. Die Überschrift lautet: A wie Apfel.

Ich fische einen Apfel aus meinem Rucksack, um ihnen zu zeigen, was ein Apfel ist. Apfel ist also das erste deutsche Wort, das sie lernen. Es sollte eher Armee sein oder Asyl, zuckt es durch meinen Schädel.

Mein Gemüt wird bläulich. Ich weiß, dass sie mein Mitleid nicht wollen.

Ich bitte die Klasse, das große A am oberen Rand des Blattes nachzuzeichnen und dann die Worte abzuschreiben, die mit A beginnen: Apfel, Auto, Arbeit.

In arabischer Schrift schreibe ich die Worte an die Tafel. Zehn Minuten bin ich damit beschäftigt. Hassan kann Arabisch lesen. Er übersetzt für die anderen, erst in Farsi, dann in Paschto.

Ob Hassan wohl weiß, wie man eine Waffe abfeuert? Ob er Narben trägt, irgendwo?

Die Privilegien meiner Geburt schütten sich über mir aus. Krieg seit fast vierzig Jahren.

Warst du in der Armee, Hassan? Wo hast du gelernt, einen Stift zu halten?

Ich ziehe ein Blatt vom Stapel und setzt mich neben Tamir. Ich klopfe ihm auf die Schulter, zeichne ein A und sein Arm folgt dem meinen.

Wie viele Löcher hast du gegraben in deinem Leben?

Nach einer Weile kontrolliere ich ihre Arbeiten. Die Stunde ist zu Ende. Ich zeige auf die Uhr. Sie verstehen. Sie applaudieren. Bitte nicht. Tut mir das nicht an.

Ich will euch applaudieren, weil ihr hier sitzt und schreiben lernt, weil ihr Löcher grabt und Narben habt und nicht wisst, wie man Stifte hält.

„Bis Donnerstag“, sage ich.

Sie nicken. Sie wissen nicht, wovon ich rede. Die Wochentage lernen wir erst später, in einer nächsten Lektion. Für den Moment muss Apfel genügen. Wir verlassen den Klassenraum. Ich begleite sie in ihre Unterkunft, vorbei an Ordnern in grünen Westen, die Kaffee schlürfen und sich benehmen wie Gefängniswärter. Die Jungs schütteln mir die Hand, pressen die Hefte an ihre muskulösen Oberkörper. Ich sage ihnen, dass sie weiter üben sollen.

Am Donnerstag ist Tamir nicht mehr unter ihnen.

„Zu Hause“, sagt Hassan. Abgeschoben, denke ich.

Ich sehe ihn, einen Spaten in der Hand, einen Spaten, der kein Stift ist, ein Gewehr über seinen Schultern, die zu viel tragen, Bomben im Hintergrund seit vierzig Jahren.

Es fehlen doch noch 25 Buchstaben.

A wie Apfel.

Sie wusste, dass ich abhauen wollte. Ich spürte es sofort. Sie atmete tiefer als sonst, fast stöhnend. Sie zeigte mir, dass sie mich vermissen würde. Meine nasse Hand lag auf ihrem Rücken. Ich streichelte ihr geflecktes Fell. Verflucht hatte ich all die Tage, an denen ich auf einem kleinen Hocker zu ihren Füßen gesessen und sie gebürstet hatte. Heute aber, da ich sie hoffentlich das letzte Mal sah, freute ich mich darüber, sie anzufassen und wortlos mit ihr zu reden.

Sie war ein eher plumpes Tier und mit wenig Intelligenz gesegnet. Außerdem hatte sie in ihrem Leben weniger Milch gegeben, als wir es gehofft hatten. Sie war zu uns gekommen, als ich noch ein kleiner Junge war.

Mein Vater trieb sie eines Tages den staubigen Pfad hinauf, der zu unserem Haus führte. Er rief uns alle aus dem Haus, um zu berichten, dass dieses tapsige junge Kalb, das so verwirrt in die Landschaft schaute und sich nicht an der Leine halten ließ, ab sofort Teil unserer Familie sei.

Er sagte, dass wir demnächst schwimmen würden in Milch und Käse und ein Festmahl abhalten würden, sobald sie runde und fette Kälber geworfen habe.

Einige Zeit ist seit diesem Tag ins Land gezogen. Mein Vater, der immer buckliger geworden war, starb vor vier Jahren. Sein Herz wollte eines Nachts einfach nicht mehr schlagen. Als wir ihn morgens fanden, schien es fast, als schliefe er noch immer. So faltenlos und verjüngt lag er da. Wir verstanden nicht, warum der Tod, den niemand von uns hatte kommen hören, gerade ihn mitgenommen hatte. Die Kuh aber, die keinen Namen bekommen hatte, weil sie ihn nicht verdiente, blieb unser Familienmitglied. Sie war nie rund geworden, wie mein Vater es vorhergesagt hatte. Sie war inzwischen klapprig und alt, ein herrischer Sturkopf, der sich seit seinem Tod nicht mal mehr melken ließ.

Und trotzdem wagte meine Mutter es nicht, sie zu verkaufen, denn neben dem Haus, das schon meine Großeltern bewohnt hatten, war sie unser einziger wirklicher Besitz.

Sollte sie meine Mutter überleben, war sie mein Erbe. Dieses Biest wollte mich in den Wahnsinn treiben.

Ich spürte, dass sie es bereute, mir nie mit Anstand begegnet zu sein, während ich das letzte Mal einen Schwamm in lauwarmes Wasser tauchte und ihr Fell von Erde und Gras befreite. Sie gab ein kaum hörbares

Geräusch von sich, als ich aufstand und den Hocker in die Ecke schob. Ich legte meine Wange auf ihre Stirn, umarmte ihren Hals und flüsterte ihr zu, dass sie sich benehmen solle, solange ich weg sei.

Auf dem Weg zurück ins Haus trat ich einen Kiesel vor mir her. Obwohl ich meinen Entschluss schon vor Wochen gefasst hatte, das Ticket bereits gekauft war und die Tasche gepackt, ängstigte mich dieser Moment des Abschieds.

Meine Mutter saß weinend in ihrem Sessel, als ich das Haus betrat. Als sie mich sah, wischte sie sich ihre Tränen mit der fleckigen Schürze ab, die sie täglich trug, weil mein Vater sie ihr einmal geschenkt hatte.

„Du gehst wirklich, oder?“, fragte sie, ohne ihr Schluchzen unterdrücken zu können.

Ich nickte. Ich wollte nicht Viehhalter sein und Mechaniker wie mein Vater, der sein Leben lang geschuftet hatte, um schließlich in dem Haus zu sterben, wo er geboren worden war, und in dem Dorf sein Grab zu finden, das er nie verlassen hatte. Die Welt, die ich nur aus Bildern und Filmen kannte, die ich zweidimensional gesehen, aber nie geschmeckt und berührt hatte, rief nach mir.

Ich gab meiner Mutter einen Kuss.

„Ich hol dich nach, wenn ich soweit bin“, sagte ich.

Sie schüttelte nur den Kopf. Sie verstand mich nicht. Sie war zu warmherzig und gutmütig, zu einfältig, um zu erkennen, dass ihr Sohn mehr von diesem Leben erwartete als eine alte Milchkuh.

„Ich bin zu alt für so eine Reise“, stöhnte sie. „Und außerdem: Wer kümmert sich um Vaters Grab, wenn ich weg bin?“

Die Toten mehr zu ehren als das eigene Leben ist eine eigentümliche Marotte alter Frauen.

Ihre faltigen Hände tasteten meine Brust ab.

„Dein Bruder ist gegangen und deine Schwester auch. Was soll ich tun ohne dich? Adissa und Liriana sind noch Kinder. Und ich bin ganz allein.“

„Ich schicke Geld, sobald ich etwas verdiene. Du hast doch die anderen gehört. Es gibt Arbeit dort. Viel Arbeit, auch wenn man nichts gelernt hat.“

Meine kleinen Schwestern rannten ins Zimmer, warfen sich an meine Beine und umklammerten sie so heftig, dass ich kaum noch stehen konnte. Sie trugen ihre geblümten Kleider. Ich nahm sie beide auf den Arm und pustete ihnen in die Gesichter. Sie zogen Grimassen und wendeten sich ab, halb aus Scham, halb aus Freude.

„Vertrau mir, Mama. Ein halbes Jahr vielleicht und dann komme ich zurück, in meinem eigenen Auto und die Hosentaschen voller Geld. Dann schlachten wir dieses alte Vieh."

Seit ich das erste Mal mit ihr über meinen Entschluss gesprochen hatte, wollte sie ihn mir ausreden. Sie hatte mir von ihrem Cousin erzählt, von dem ich nur ein Zerrbild kannte, weil er sich vor langem von der Familie abgewendet hatte und deshalb nun allein war. Sie hatte den Bruder meines Vaters auf mich angesetzt, damit er mir meine Flausen austreibe, aber auch das hatte zu nichts geführt.

Dieses Leben, das ich in meiner Heimat führte, roch modrig und verbraucht. Es schmeckte wie ausgespuckt und klang nach Langeweile. Zu viel hatte ich gehört von Deutschland. Seit Monaten sprach das halbe Dorf davon, dass man sich nur anmelden müsse, versorgt werde für eine gewisse Zeit und dann Arbeit finden könne. Es hörte sich so einfach an. Ich musste nur dort hin. Über das weitere konnte ich mir Gedanken machen, wenn es soweit war.

Erste Zweifel überkamen mich, als ich den staubigen Trampelpfad hinunterging, der unser Haus mit dem Rest des Dorfes verband. Aber sie verflogen sogleich, als ich hinter mir das allzu vertraute jämmerliche „Muh“ der alten Dame aus dem Stall hörte. Ich wollte sie nie wiedersehen. Sie war mir zu lange schon ein Dorn im Auge, zu viele Jahre hatte ich ihr geopfert. Im Winter hatte ich sie gemolken und gewaschen, in den warmen Monaten in die Berge hinaufgetrieben und ihr beim Grasen zugesehen. Sie war der Inbegriff der Ödnis.

Also bestieg ich einen Bus und fuhr nach Tirana. Die Küste zog an meinen Augen vorbei wie eine Perlenkette. Das Meer schlug gegen die steilen Klippen und zog sich zurück, wieder und wieder. Ich erinnerte mich all der Momente, die ich mit meinem einzigen wirklichen Freund Petr an dieser Küste verbracht hatte. Wir waren Faustkämpfer, Räuber, Taucher und Abenteurer gewesen in unserer Fantasie, bis die Sonne unterging und unsere besorgten Eltern nach uns suchen mussten. Bilder heißer Tage zogen an meinem Geist vorbei, der Geruch des Regens, der mir in die Nase stieg, wenn wir eine Höhle aus Treibholz gebaut hatten und auf die Sonne warteten.

Und obwohl sie schön waren, diese Gedanken, und ein angenehm warmes Gefühl in meinem Bauch zurückließen, waren sie doch Vergangenheit. Ich wollte neue Gedanken finden, Erfahrungen machen, die die Zeit zu Erinnerungen werden lassen konnte. Mein Kopf schrie „Weg!“, „Bloß weg!“, und sonst nichts.

Bald lag die Küste hinter mir. In Tirana wechselte ich den Bus. Eine lange Schlange hatte sich vor seiner Tür gebildet. Ich war nicht der Einzige mit der Idee, dieses Land zu verlassen. Endlich durfte ich einsteigen und lief die Sitzreihen ab, fand aber keinen Platz. Also legte ich mich in den Gang und versuchte zu schlafen, aber ich konnte nicht. Warmes Blut schoss durch meine Adern. Es raunte von Ungewissheit.

Während der ersten Pause, die der Busfahrer kurz hinter der kroatischen Grenze einlegte, schaute ich mir meine Mitreisenden genauer an. Es waren Männer zumeist, starke und junge Gestalten, hier und da eine Gruppe Frauen, aber keine Alten, kein graues Haar und keine Falten. Ich dachte an meine Mutter und an all die anderen, die sich mit einem Leben in Einfachheit zufriedengaben.

Ich holte eine Zigarette aus der Packung und rauchte sie in drei Zügen. Das Nikotin stieg in meinen Kopf und benebelte ihn. Aber es beruhigte meine zittrigen Finger.

Die anderen zogen umher wie ziellose Schatten, spielten Karten auf dem nackten Fußboden oder kauften

Nichtigkeiten. Ich sah ihren zerstreuten Blicken an, dass auch sie mit den Gedanken schon in der Ferne waren.

Irgendwo auf einer kroatischen Landstraße ging dem Bus das Benzin aus. Der Fahrer stieg aus und telefonierte energisch, warf seine Hände über den Kopf und fluchte so laut, dass ich ihn noch im Inneren des Busses hören konnte. Ich bekam Bauchschmerzen.

Ein paar hundert Kilometer später platzte der rechte Vorderreifen. Der Fahrer konnte das Lenkrad gerade noch herumreißen, sonst wären wir gegen die Leitplanke geknallt. Es begann zu regnen. Meine Bauchschmerzen wurden schlimmer. Mein Magen wölbte sich, als wolle er meinen Körper verlassen. Ich trank einen Schluck Wasser und erbrach mich auf dem Gang, versteckte die Pfütze, so gut es ging, mit meiner Jacke und legte mich darauf.

Am dritten Tag erreichten wir Italien. Meine Schwester, die seit ein paar Jahren mit ihrem Mann Addi und dem gemeinsamen Sohn dort lebte, hatte mir eine schriftliche Einladung zukommen lassen, die es mir erlaubte, die Grenze zu passieren, um sie zu besuchen. Ich rief sie von einer Telefonzelle an und sagte ihr, dass sie mich nicht

abzuholen brauche. Ich wollte weiter. Diese Einladung, sie war bloß meine Fahrkarte über die Grenze, nicht mehr.
Meine Schwester hatte ich schon oft genug gesehen und ihren Mann hatte ich noch nie gemocht, also bestieg ich noch einen Bus, der mich nach zwei weiteren Tagen Fahrt mit noch immer rebellierendem Magen in einer Stadt mit Namen Frankfurt, genau in der Mitte von Deutschland, absetzte.

Eine stockfinstre Nacht empfing mich und eisige Kälte. Es war der 14. Februar 2015.

Ich verließ den Bahnhof, der schlimmer nach Erbrochenem stank als ich, und suchte mir ein Taxi. Ich hatte gehört, dass man sich in einer kleineren Stadt namens Gießen anmelden musste.

Meine dreckige Jacke warf ich in einen Mülleimer. Mein großer Bruder Gesim hatte mir das nötige Geld für die Fahrt geliehen.

Einer der Taximenschen bemerkte mich und winkte mir zu. Nur ein einziges deutsches Wort hatte ich gelernt, bevor ich losgezogen war: „Asyl."

Ich sagte ihm dieses eine Wort, immer wieder. Er hielt mir die Tür seines Wagens auf und ich stieg ein. Nach fünf Höllennächten schlief ich das erste Mal.

Auf einem weiten, leeren Platz, an dessen hinterem Rand eine große, graue und umzäunte Halle aus Beton stand, ließ er mich aussteigen. Ich hielt ihm einige Euros hin, die ich in Italien gewechselt hatte, und er bediente sich daran, weil ich keine Ahnung hatte, wie weit wir wohl gefahren waren. Eine Windböe zog durch mich hindurch. Meine Knochen waren aus Glas. Nase und Ohren wurden mir taub. Ich verschränkte die Arme vor der Brust, aber es half nichts. Eine dünne Schicht aus Reif bedeckte die Straße.
Vor der Halle hatte sich eine Menschenmenge versammelt. Sie alle froren, hüpften von einem Bein aufs andere und schauten ihrem Atem hinterher. Sie alle riefen „Asyl."

Ich war vierzehn Jahre alt, als ich das erste Mal ein Gewehr abfeuerte. Aus dem vorletzten Jahrhundert hatte es seinen Weg zu mir gefunden.
Ich stand vor dem Haus meiner Eltern auf der Straße und spielte mit Steinen, legte sie vor mir aus und trat sie wie ein Fußballspieler, verfolgte ihren Flug, der keiner war, weil meine dürren Beine zu schwach waren, ihnen einen ordentlichen Tritt zu verpassen. Ich hörte das Getrampel

eines alten Esels. Sein Ruf schallte durch die Straßen unseres Dorfes. Die Händler kamen.

Eine Familie, bestehend aus etwa zwanzig Seelen und eben jenem Esel, alle mit mehr oder weniger großen Bündeln bepackt, trottete an mir vorüber. Sie zogen einen Handkarren hinter sich her, auf dem sich ihre Waren türmten. Ich nickte ihnen zu, aber sie bemerkten mich nicht. Sie waren in Gesänge vertieft, die nach Klage klangen und nach Trauer. Sie trugen abgewetzte T-Shirts und Sohlen ohne Schuhe. Ihr Teint war dunkler als meiner und ihr Haar pechschwarz. Sie sangen ihre Lieder in einer fremden Sprache, die nichts mit dem Albanischen gemein hatte.

Wie jedes Jahr bauten sie ein Lager auf aus Zelten und Tüchern, legten Matten aus und schliefen im Freien. Sie kamen immer im Sommer, wenn es am heißesten war. Den Winter über lebten sie in den Bergen. Ich stellte mir vor, dass sie in Höhlen schliefen und keine Kleidung trugen, wie die Menschen aus der Vorzeit.

Vor ihrem Lager errichteten sie einen kleinen Verkaufsstand, auf dem sich gebrauchte Hosen stapelten, Jacken und anderer nutzloser Kram, den sie aufgesammelt hatten während ihrer Reise.

Ich lief ins Haus und rief nach meinem Vater, fragte ihn, ob ich sie besuchen dürfe, denn ich wusste, dass sie wie jedes Jahr ein kleines Geschenk für denjenigen bereithielten, der ihnen als Erster eine Karaffe mit frischem Wasser brachte. Mein Vater gab mir eine kleine Plastikflasche, in der eine klare Flüssigkeit schwamm, und sagte: „Gib das dem alten Severin. Er soll nachher bei uns vorbeikommen."

Ich öffnete die Flasche und verzog das Gesicht. Mein Vater hatte Raki gebrannt.

Der alte Severin war das Oberhaupt dieser Familie auf Wanderschaft. Er schenkte mir oft ein so zahnloses Lächeln, dass ich mich gruselte und ihn für einen lebenden Toten hielt.

Als ich das Lager erreichte, lagen die Jungen in der Sonne, während die Frauen und Mädchen sich um den Aufbau des Standes kümmerten. Severin beäugte ihre Arbeit von seinem kleinen Plastikstuhl aus. Seit ein paar Jahren fiel ihm das Gehen schwer und er musste sich auf einen Stock stützen.

Leider war ich nicht der Einzige, der den Ruf des Esels gehört hatte. Petr stand mit einer Handvoll anderer Jungs

aus unserem Dorf vor dem Stand, im Halbrund, Wasserflaschen in den Händen.
Der alte Severin beobachtete uns mit heller Miene. Er stand auf, schob seine Frau beiseite, die ihm eben Brot gebracht hatte, und hinkte auf uns zu. Sein Gesicht war vernarbt, die Lippen hatten ihre Farbe verloren. Sein Haar war spröde geworden von der Sonne. Mein Vater hatte mir erzählt, dass der alte Händler von einer Granate getroffen worden war, damals, in irgendeinem Krieg.
Er stellte sich in unsere Mitte, musterte uns mit seinen gelben Rabenaugen und sagte schließlich: „Lange habe ich dieses Schauspiel bewundert. Aber ich muss euch sagen, ihr Kinder, dass dieser da zuerst an uns gedacht hat. Wir leiden Durst von dem langen Marsch, der hinter uns liegt, und bitten um ein Glas Wasser, und er, der nichts im Sinn hat außer Nächstenliebe, brachte es uns."
Er zeigte mit seinem langen, knochigen Finger auf Petr, dessen Füße nervös wurden und hin und her wippten und der sich die Hände rieb vor Anspannung und Lust auf das, was folgen würde.
„Als Zeichen meiner Anerkennung möchte ich dir dies nette Kleinod überreichen", sagte der Händler, und mit einem Ruck und einer Drehung, die sein Geschenk ins

richtige Licht rückte, zog er eine hölzerne Schleuder aus seiner Tasche hervor. Sie war so klein, dass auch ein Kind sie bequem halten konnte. Petr grinste von einem Ohr zum anderen. Dann war er hinter einem Baum verschwunden, um Steine zu suchen.

Als sich die anderen Kinder enttäuscht in alle Richtungen verstreut hatten, gab ich Severin den Raki meines Vaters und lud ihn in unser Haus ein.

Seine Knochen knackten bei jedem Schritt. Wie weit musste dieser Mensch in seinem Leben schon gelaufen sein, um seinen Körper so zu schinden? Er hielt sich an meiner Schulter fest und legte alle paar Schritte eine Pause ein, um tief zu atmen und sich den Schweiß von der Stirn zu wischen. Ich mochte es nicht, wenn er mich anfasste. Er war irgendwie gruselig. Wie ein Geier sah er aus, der um sein Opfer kreiste. Außerdem war seine Sprache so fürchterlich abgehoben. Er redete wie die Politiker aus dem Fernsehen. Nach den Worten meines Vaters war Severin ein ungebildeter, aber hinterlistiger Mann, der diese geschwollene Ausdrucksweise nur benutzte, um sein Zeug loszuwerden. Heute bin ich mir sicher, dass mein Vater ihn nur nicht mochte, weil Severins Haut nicht so weiß war wie die seine.

Mein Vater saß auf der Veranda vor unserem Haus. Er erhob sich, umarmte den Händler und schob ihm einen Stuhl zurecht. Unsere Familie war in den letzten Wochen zu Geld gekommen, aber heimlich hoffte auch ich auf ein kleines Geschenk, wenn Severin erst gemütlich saß.

Meine Mutter war nicht im Haus, und so war es an meinem Vater, das Nötige zu besorgen und über das Unnütze zu verhandeln.

„Schön, dich zu sehen, alter Freund", sagte er. „Wo kommst du her? Du siehst blass aus."

„Wir waren am Meer", antwortete der Händler. „In Griechenland und haben Ketten und Schmuck für deine Frau und Töchter besorgt."

Mein Vater, der nie Humor hatte, schlug sich auf die Schenkel vor Lachen.

„Ketten und Schmuck?", fragte er. „Ich brauche scharfe Messer, Werkzeug und neue Dachlatten für den Stall, aber Schmuck... Anton, Junge, setz Tee auf! Der alte Severin scheint verwirrt zu sein."

Betrat man das Haus meiner Eltern durch den Vordereingang, so stand man sofort in einem großen Raum, der als Ess- und Wohnzimmer diente. Ein altes, zerschundenes Sofa war darin, von zwei knarrenden

Holzstühlen flankiert. Auf einer braunen Kommode aus dunklem Eichenholz stand der kleine, schwarze Röhrenfernseher. Mein Vater benutzte ihn nicht, aber meine Mutter schaute oft ihre Serien, bis sie einschlief. Mein Bruder und ich, wir saßen oft an ihrer Seite, lauschten ihrem Schnarchen, bis wir sicher waren, dass sie tief und fest schlief, und den Kanal wechselten.

Links neben dem großen Raum befand sich die Küche. Sie war ungleich kleiner und bis an die Decke gefüllt mit Gerätschaften, Töpfen, denen Deckel fehlten, dreizinkigen Gabeln, und über der Tür hing ein großes, hellbraunes Kruzifix, vor dem ich Angst hatte, solange ich mich erinnern kann.

Ich ging zur Spüle, schöpfte Wasser aus dem Hahn und stellte es auf den Herd. Während ich wartete, schaute ich aus dem Fenster, das nach Westen gerichtet war, sodass die Sonne jeden Abend den ganzen Raum rot-gelb färbte und ihn erwärmte, bevor sie unterging. Vor mir erstreckten sich hügelige Weiden, Wälder, Wiesen und brachliegende Landstriche voller Gestrüpp.

Den Samowar und zwei kleine Tassen in Händen, kehrte ich zu den beiden Männern zurück, die angeregt miteinander sprachen. Mein Vater hielt eine Flinte. Sie war zweiläufig, vom Rost und der Zeit zerfressen, der Abzug musste neu justiert werden, aber der Holzkolben war frisch poliert. Seine Maserung glänzte in der Glut der Abendsonne.

Der alte Severin nahm einen Schluck Tee und leckte sich über die wenigen gelben Zähne, die er noch im Mund hatte. Er wusste, dass mein Vater nicht widerstehen konnte.

„Schau mal, Anton, bei all dem Plunder, den der Händler und seine Familie tagaus, tagein mit sich schleppen, haben sie doch ab und zu etwas Brauchbares in ihren Kisten. Einer seiner Jungs hat sie eben vorbeigebracht."

Ich regte mich nicht.

„Was willst du haben für die Flinte?", fragte Vater und nahm eine Zigarette aus der Schachtel. Er bot Severin eine an, doch der lehnte ab.

„Was bietest du mir an?", fragte er höhnisch, wissend, dass er nahezu jeden Preis verlangen konnte. „Über einhundert Kilometer trage ich dieses Gewehr schon mit mir herum. Es hat mir gute Dienste erwiesen und mich vor einigen Gefahren bewahrt. Ich trenne mich nur ungern..."

Mein Vater schob seinen alten Filzhut zurecht, den er immer trug und an dessen Krempe er herumspielte, wenn er nachdachte.

„Ein Cousin von mir - du kennst ihn vielleicht - hat ein Schwein geschlachtet und mir die Hälfte gebracht. Eine fette Sau war´s, über einen Zentner schwer. Gehört dir, wenn du willst?“

Severin setzte ein Lächeln auf. „Eine halbe Sau? Mit dem Gewehr könnte ich zehn erlegen, wenn ich wollte.“

Er machte eine kurze Pause. Geschickt im Verhandeln war er wie kein Zweiter.

„Nein, ich habe vielmehr ein Auge auf den Samowar hier geworfen. Er ist wirklich schön.“

Er schnippte mit dem Finger gegen die silberne Außenwand des Kochers.

„Überlass´ ihn mir und das Gewehr gehört dir.“

Es war dunkel geworden, als Severin endlich ging. Einer seiner Söhne war gekommen und hatte ihn abgeholt. Mein Vater allerdings saß noch immer auf seinem Platz. Das Gewehr hatte er vor sich auf den Tisch gelegt.

Am folgenden Morgen, einem Samstag, traf ich Petr auf der Straße. Er hatte den ganzen vorigen Tag mit seiner Schleuder verbracht, war allein auf den Feldern umhergeirrt, hatte Steine gesammelt und im Wald auf Bäume geschossen.

„Dosen hab´ ich aufgestellt und versucht, sie zu treffen. Auf einem umgestürzten Baum hinten im Wald. Sie stehen noch da, ich hab´ sie nicht getroffen“, sagte er mit heiserer Stimme. Er hatte Schwielen an den Knöcheln, dicke Hornhaut an den Innenflächen seiner Finger und Hände. Wir gingen ein Stück zusammen, denn beide hatten wir frei. Zu Hause war alles erledigt, mein Vater war ins Nachbardorf gerufen worden, um sich den Wagen eines Freundes anzuschauen. Ich erzählte Petr von dem Gewehr. Sofort blieb er auf der Stelle stehen, dasselbe Funkeln in den Augen wie mein Vater am Tag zuvor.
„Ein echtes Gewehr hat er dem alten Severin abgekauft?“, fragte er, ohne das Staunen in seiner Stimme unterdrücken zu können.
„Und dein Vater ist nicht im Haus? Mutterseelenallein liegt das arme Ding bei euch vorm Haus?“
Er steckte die Schleuder in die Hosentasche. Ohne dass ich etwas einwenden konnte, war der Plan gefasst.

Wie Diebe hatten wir die Veranda umkreist und schließlich das Gewehr mitgenommen, dazu eine halbe Schachtel Zigaretten, die mein Vater vergessen hatte. Kein Geräusch war zu hören in dem dichten Wald, der etwa einen

Kilometer nördlich von Lezha begann und sich bis weit hinter den Horizont erstreckte. Kein Vogel sang, kein Blatt oder Ast wehte im Wind. Wie waren die einzigen lebenden Wesen weit und breit.

Am Fuß eines kleinen Hügels lag ein umgefallener Baum, darauf einige Blechdosen, im Abstand von ungefähr zehn Zentimetern nebeneinander aufgereiht.

Gemächlich schauten wir uns um. Noch immer war niemand zu sehen. Wir waren Könige in unserer kleinen Welt.

Wir knieten uns in ein Gebüsch, das etwa zwanzig Schritte von unserem Ziel entfernt lag. Im Unterholz hockend wie zwei echte Jäger oder Soldaten, steckten wir uns Zigaretten in die Münder und lachten. Ich zündete Petr seine Zigarette an, er inhalierte, lief rot an und hustete grau-silbrigen Rauch aus Nase und Mund, vermischt mit Schleim, bis ihm die Tränen in die Augen schossen. Mir erging es ähnlich. Es war nicht das erste Mal, dass ich rauchte. Und trotzdem musste ich husten.

Wir beschlossen, die glühenden Stumpen einfach im Mundwinkel zu behalten wie echte Männer, ohne daran zu ziehen. Zwei Schuss warteten nur darauf, von uns verfeuert zu werden. Ich legte mich flach auf den Bauch, hob das

Gewehr an, obwohl es schwer war wie eine Eisenstange, drückte den Kolben an die Schulter und positionierte meine halb aufgerauchte Zigarette neben mir, wie ich es im Film gesehen hatte. Petr stand rechts von mir und hielt sich die Ohren zu. Ich ließ Kimme und Korn miteinander tanzen, zielte, schoss.

Rauchschwaden stiegen auf und verloren sich. Und alles passierte auf einmal. Ich schrie. Bis in den großen Zeh spürte ich die Wucht des Aufpralls. Der Schuss verklang im Dickicht. Ich ließ das Gewehr in den Morast fallen und krümmte mich am Boden. Der Rückstoß des Kolbens hatte meine Schulter wie ein Hammerschlag getroffen. Petr hatte Tränen in den Augen, rüttelte an mir, aber ich wollte nicht sprechen.

„Anton, sag was!“, schrie er, aber keinen Laut presste er aus mir heraus. In seiner Verzweiflung setzte er sich neben mich, den Blick ins Leere gerichtet, und hielt meine Hand. So verharrten wir einige Minuten.

Bald konnte ich mich aufsetzen und die schmerzende Schulter etwas drehen. Es war nicht mehr als eine Prellung. „Mein Vater wird mich umbringen“, flüsterte ich. Petr nickte. Dann schauten wir nach rechts zu den Dosen. Sie standen noch.

Die Sonne wollte gerade über den Berghängen untergehen, als ich den staubigen Hügel zu unserem Haus emporkroch. Der verletzte Arm hing bewegungslos an meinem Körper, als gehöre er nicht zu mir. Das Gewehr schleifte ich hinter mir her. Der Lauf war noch warm.
Petr hatte ich schon verabschiedet. Er hatte mitkommen und die Prügel mit mir teilen wollen, weil alles seine Idee gewesen war, aber ich hatte abgelehnt. Ein leeres Glas vor sich, saß mein Vater an seinem Platz vor dem Haus. Als er mich sah, drückte er die Zigarette aus, schob seinen Hut zurecht, griff nach dem Schuhlöffel, der vor ihm lag, und stand mühsam auf, mit einer Miene, als bedaure er, wozu ich ihn gezwungen hatte.
Noch nie in meinem ganzen Leben war ich so verdroschen worden.

Mit sieben Jahren wurde ich eingeschult, auf Wunsch meiner Mutter, die es für nötig hielt und gegen den Willen meines Vaters, der mich lieber in der Werkstatt gesehen hätte. Er hatte schon einen Sohn an die Schule verloren, meinen großen Bruder Gesim, der damals kurz vor dem

Abschluss stand. Die Hilfe hätte mein Vater bitter nötig gehabt und doch entschied meine Mutter, dass es für mich das Beste sei, einen Weg aus dem Trott der Älteren, die noch unter Hoxha gelernt hatten, was es heißt, ein Mensch zu sein. Und da es bei meinem Bruder gewirkt hatte, ihm eine andere Zukunft zu offenbaren und er sich zu einem echten Musterschüler gemausert hatte, der nie zu spät kam und nie früher ging, hoffte sie bei mir auf einen ähnlichen Effekt.

Wenn ich heute über ihre Entscheidung nachdenke, ist der Zorn über sie, den ich damals empfand, verflogen. Vielmehr bin ich ihr dankbar, auch wenn ihr gewünschter Effekt niemals eintrat.

Die alte Ledertasche, die ich am ersten Schultag zu tragen hatte, gehörte meinem Bruder, ebenso die ausgetretenen Turnschuhe und die Mütze, die ich mir extra schief auf den Kopf gesetzt hatte.

Gesim begleitete mich, denn es war ein Weg von etwa einer Stunde ins nächste Dorf, wo das Schulgebäude stand. Es lag ein wenig abseits und versteckt und doch war es auf einem Hügel erbaut worden, sodass jeder es schon von weitem erkennen konnte und es einem Gefängnis glich, mit seinen grauen, mehrstöckigen Betonmauern, den braunen Steinen, aus denen alle Wege bestanden. Selbst die wenigen Bäume, die man um die Wege herum gepflanzt hatte, konnten die schiere Abneigung nicht vertreiben, die in mir zu kochen begann. Ich hasste die Schule vom ersten Tag an.

Ich hasste die alten Lehrer mit ihren randlosen Brillen, durch deren Gläser sich ihre gewollt strengen Blicke zu Tiergesichtern formten. Ich hasste die Buchstaben und Zahlen, mit denen man uns quälte, das beständige Abschreiben, die Uniformen, das Stillsitzen, die morgendlichen Grußworte, kurzum: Jeden Morgen, wenn sich der quadratische Betonklotz des Schulgebäudes in meine Sicht drängte, wünschte ich mir, im Boden zu versinken.

Teilen aber konnte ich meine Abneigung mit Wenigen.

Gesim war eingelullt seit dem ersten Tag, sprach in höchsten Tönen von den Lehrern, ihrem Intellekt, ihrer Weitsicht, war allzu oft kriecherisch in seiner Uniform.

Meine Mutter fragte zwar, wie mir die Schule gefiele, aber das Glitzern in ihren trüben Augen verriet mir ein ums andere Mal, dass sie keine ehrliche Antwort erwartete.

So fand ich einen Freund in meinem Vater. Vier Jahre war er zur Schule gegangen, hatte Lesen gelernt, Schreiben und Rechnen und es hatte ihm sein ganzes Leben über genügt, das Wenige anzuwenden, was er verstand. Oft saß ich in dieser Zeit neben ihm in unserem Stall, der damals auch als Werkstatt diente, reichte ihm Werkzeuge und lauschte den Geräuschen, die es von sich gab. Ich staunte, dass mein Vater Dingen, die keinen Wert mehr besaßen, weil sie kaputt waren, einen neuen geben konnte.

Einmal fasste ich Mut und sagte ihm, wie sehr mich das Lernen quälte.

„Geh in die Schule", sagte er. „Deine Mutter will es so."

„Aber ich bin viel lieber hier in der Werkstatt und schaue dir zu. Ich will von dir lernen, nicht von den Lehrern."

Mein Vater legte eine Pause ein, steckte sich eine neue, filterlose Zigarette an, obwohl die alte noch im Aschenbecher lag und langsam verglühte.

„Willst du wirklich meine Arbeit machen?", fragte er dann.

Ich nickte, mit dieser mechanischen, unaufhörlichen Intensität, die nur Kinder haben.

Für den nächsten Tag schmiedeten wir ein Komplott:

Meine Mutter war außer Haus – ich erinnere mich heute nicht mehr, wohin sie damals ging – und ich schwänzte die

Schule mit der Erlaubnis meines Vaters und blieb bei ihm. Gesim logen wir vor, ich sei plötzlich krank geworden.
Ein fremder Mann brachte uns seinen Wagen, weiß und klein war er und älter als ich. Irgendetwas stimme nicht, sagte er, der Wagen fahre nicht weiter, wenn es zu heiß sei. Mein Vater sagte ihm, dass es vielen so gehe, alte Wagen überhitzten oft in den Sommermonaten. Er könne den Wagen am Nachmittag abholen.
Zusammen verbrachten wir den ganzen Tag in der Werkstatt, machten wenige Pausen und arbeiteten ohne Unterlass. Heute bin ich mir sicher, dass mich mein Vater damals besonders hart schuften ließ, um mir den Spaß daran ein für alle Mal zu verderben.
Früher als sonst ging ich an diesem Abend zu Bett, Schwielen an den trockenen Händen, den Körper bespritzt von Öl und übersät mit Ruß. Ich schlief einen steinernen Schlaf und ging am nächsten Tag wieder in die Schule.
Die Rechnung meines Vaters aber war nicht aufgegangen. Nach diesem Tag mit ihm, der voll war von nützlicher Arbeit, der ein Ziel hatte und ein Ergebnis vorweisen konnte, hasste ich die Schule mehr denn je.

Dann traf ich Petr. Auch er wurde in die Schule gezwungen, von seinen Großeltern, bei denen er lebte. Die Eltern lebten im Ausland, um zu arbeiten und schickten oft Geld für ihren Sohn.

„Sie verdienen so viel, dass es für uns alle reicht", sagte er einmal. Er wiederholte jene Geschichten, die er von seinen Eltern gehört hatte und die in seinem kindlichen Kopf die Gestalt von Märchen angenommen hatten:

„Eine große Wohnung haben sie, zwei Autos und es reicht noch, um meinen Großeltern und mir Geld zu schicken. Als sie das letzte Mal hier waren, haben sie mir ein Fahrrad mitgebracht", sagte er.

Er war der Erste, der mir von einem Leben jenseits unserer Heimat erzählte.

„Wenn ich alt genug bin", sagte er. „Fahre ich zu meinen Eltern und lebe bei ihnen."

Ein paar Monate später kamen seine Eltern zurück, weil sie das Heimweh nicht mehr ausgehalten hatten.

Die folgenden Jahre ziehen in meiner Erinnerung sehr langsam vorbei. Sie sind dicke Regenwolken an einem windstillen Tag. Bald besuchte ich die Schule nur noch unregelmäßig. Sobald ich ordentlich Lesen gelernt hatte,

Schreiben und Rechnen, blieb mir ihr weiterer Sinn verschlossen, denn ich wusste alles, was ich brauchte. Ich ließ mir immer neue Ausreden einfallen, warum ich morgens das Haus nicht mehr verließ. Meine Schwestern waren zur Welt gekommen und so tröstete ich meine Mutter, der ich sichtlichen Kummer bereitete, damit, dass ich auf sie aufpasste.

Gesim machte einen außerordentlichen Abschluss und zog nach Griechenland. Meine Schwester Mariana heiratete Addi und wohnte bald in Italien.

Ich hatte schon den Stoff eines knappen Jahres verpasst, als mein Vater mich zur Seite nahm und sagte:

„Du gehst nicht mehr in die Schule, wie? Es ist deine Entscheidung, du bist alt genug. Einen Abschluss brauchst du trotzdem, deine Mutter besteht darauf. Erinnerst du dich an diesen Mann, Arian? Er war neulich hier und hat seinen Wagen geholt, den roten Ford, den du so bestaunt hast?“

Ich wusste mit dem Namen nicht viel anzufangen und wusste auch nicht, worauf er hinauswollte, ließ ihn aber weitersprechen.

„Auch egal“, sagte er dann und klopfte mir auf die Schulter. Es war die einzige Geste, mit der mein Vater Zuneigung ausdrücken konnte. „Jedenfalls ist sein Bruder, ein Studierter, Leiter einer Schule oben in den Bergen. Du sollst morgen hingehen und mit ihm sprechen. Er kümmert sich um deinen Abschluss."

Es war ein fünfstündiger Marsch bis zu dieser Schule. Ich lieh mir das neue Fahrrad von Petr, dessen Gesicht grün anlief, als er hörte, dass ich nicht mehr in den Unterricht gehen musste.
Die erste Etappe der Strecke bestand aus Wiesen, durch die geschotterte Wege führten, und war schnell geschafft. Ich fuhr durch ein Dorf oder zwei, setzte mich und machte ausgedehnte Pausen. Ich war nicht in Eile. Der Mann, der mich empfangen wollte, wohnte neben dem Schulgebäude und wartete auf mich. Noch wusste ich nicht, wie er sich um meinen Abschluss „kümmern" wollte, aber es war mir egal, solange ich nur einen Tag die Sonne genießen durfte.
Bald fingen die Berge an. Der Weg wurde steiler, ein Wald zog sich zusammen und wurde immer dichter, die Straße schmaler, bis mich die Bäume fast verschluckten. Ich stieg vom Rad und schob es den restlichen Weg.
In einer lichten Ebene gelegen, gesäumt von immergrünen Bäumen, fand ich schließlich mein Ziel. Das Dorf bestand

aus nicht viel mehr als einer Hand voll Häusern, einer Kirche und dem Weg, der hinein- und hinausführte. Alles war aus Holz gefertigt.
Ich erkannte das Schulgebäude an einer Tafel, die vor der Tür in den Boden gepflanzt worden war und auf der Bilder von Schülern abgebildet waren. Ich zählte sie. Es waren zwölf, alle in verschiedenem Alter, die unter einem Dach lernten.
Die Tür war verschlossen. Hinter dem Gebäude aber fand ich einen Verschlag aus Holzlatten, selbst gezimmert, und klopfte.
Ein Mann öffnete. Er war klein und aufgedunsen, doch sein volles, kastanienbraunes Haar, das ihm schulterlang vom Kopf fiel, verriet seine Jugend. Er trug eine schwarze Stoffhose, die ihm zu kurz war und ein dunkelrotes Hemd, dessen Ärmel er hochgekrempelt hatte. Keine Verwunderung war in seinem Gesicht zu erkennen, dass ein Fremder an diesem abgelegenen Ort an seine Tür klopfte, sondern tiefe Resignation, die seine Mundwinkel nach unten drückte.
„Anton?“, fragte er und hielt mir die Hand hin. „Anton P.? Der Junge, den Arian schicken wollte?“

Ich nickte. Er musterte mich, wie ich vor ihm stand, verschwitzt von der Reise, Äste im Haar, Gras auf der Kleidung, den ersten Flaum auf der Oberlippe, ein Mensch zwischen Mann und Kind.

„Wie alt bist du?“, fragte er.

„Fünfzehn“, sagte ich und starrte unwillkürlich auf meine Füße.

„Wie lange warst du in der Schule? Und sag die Wahrheit, ich tu´ dir nichts.“

„Bis vor drei Jahren regelmäßig, dann noch ab und zu, seit einigen Monaten gar nicht mehr“, sagte ich und schämte mich trotzdem, so offen vor einem Lehrer zu sprechen.

„Aber lesen und schreiben kannst du ordentlich, oder?“

„Und rechnen“, sagte ich, um meinen Stolz wiederzufinden.

„Na dann, komm rein“, sagte er mit einer einladenden Geste.

Der Verschlag bestand aus einem einzelnen, länglichen Raum. Ein Sofa stand dort, davor ein schwarzer Holztisch auf einem löchrigen Teppich in Ocker. Dahinter ein Bett, über dem ein Fenster in die Wand eingelassen war. Das Bett hatte keine Füße.

An der hinteren Wand stand ein dunkler, verrußter Ofen, dessen Abzugsrohr durch die Wand ins Freie führte. An ihm hingen eine Mütze und ein grüner Mantel, um zu trocknen. Eine Leine aus Seil war über den Ofen gespannt, darauf einige Kleidung.

Überall lagen Zeitungen auf dem Boden, aufgeschlagene Bücher mit bunten Einbänden, drei Finger breit, Bündel aus Papier und beschriebenen Seiten. Auf Zehenspitzen nahm ich meinen Weg durch das Gerümpel, um nichts zu berühren. Alles schien einer strengen, ganz eigenen Logik zu folgen.

Ich setzte mich auf das Sofa. An der gegenüberliegenden Wand stand ein großer Schreibtisch, altertümlich fast und unpoliert. Staub klebte darauf und Asche. Auch auf ihm stapelten sich Bücher, Kisten und Papier. Über ihm an der Wand hing das gleiche Kruzifix wie in unserer Küche. Es machte mir Angst.

„Haben sie die alle gelesen?“, fragte ich und zeigte auf die verstreuten Bücher, während der Lehrer den Teewärmer vom Ofen nahm und zwei Tassen füllte.

„Fast“, sagte er.

„Wann?“, fragte ich und staunte über seine Jugend.

„Jeden Tag nach Schulschluss“, sagte er.

„Warum?“

„Weil sie eine andere Welt bedeuten.“

Eine Weile blieb es still zwischen uns.

„Ich bin übrigens Marc, oder, wenn es dir lieber ist, Herr Ahmeti.“

„Marc ist mir lieber“, sagte ich.

Er setzte die Tasse ab und spielte während seiner gesamten Rede, die nun folgte, an einem Siegelring herum, der er am linken Zeigefinger trug:

„Also, Anton, mein Bruder hat gesagt, dass dein Vater eine neue Schule für dich sucht. Dein Vater sei ein guter Mann und mache gute Arbeit, sagt er, deshalb soll ich dich in meiner Schule aufnehmen, weil dir die alte nicht behagt hat. Das Problem ist jetzt folgendes: Dein Vater war zu ehrlich. Er hat meinem Bruder gestanden, dass du nicht mehr im Unterricht warst seit einer ganzen Weile, nie viel Elan gezeigt hast in schulischen Dingen und so weiter. Und trotzdem will er, dass du einen Abschluss machst. Ich hoffe, du erkennst die Problematik? Ohne Leistung, ohne Anwesenheit, kein Abschluss, kein Beruf, keine Zukunft. Ich biete dir nun eine einfache Lösung an: Ich schreibe dich in meiner Schule ein, für die siebte Klasse, weil du den Stoff bis dahin wohl noch beherrschst. Und du kommst zwei Mal im Jahr und bringst mir je 20.000 Lek. Wir sind hier so weit weg von allem, dass keiner Fragen stellen wird. Wie du das Geld verdienst, ist mir egal. Wenn ich am Anfang des Schuljahres meine Zahlung erhalte, trage ich dich auf der Liste ein. Wenn ich im Winter eine weitere bekomme, schreibe ich dir ordentliche Zensuren auf. Bleibt die Zahlung aus, auch nur einmal, haben wir uns nie kennengelernt."

Jedes Buch, das er gelesen hatte, sprach aus ihm. Nie musste er nach einem Wort suchen, nie eine Pause einlegen, wenn sie nicht gewollt war. Seine Rede quoll nicht aus ihm hervor, fiel nicht von seinen Lippen, sondern floss leise und bedächtig aus ihm heraus.

Sein Angebot allerdings hielt ich von Anfang an für eine Finte. 20.000 war kein Betrag, den ich immer bei mir trug, aber nicht zu viel, um ihn nicht in einem halben Jahr verdienen zu können. Wieso also diese Gutmütigkeit?

„Es klingt gut, ihr Angebot, aber ein bisschen zu schön..."

„Du bist nicht dumm, Herr Anton P.", sagte er mit einem gut gemeinten Lächeln. „Aber wieso soll es zu schön sein? Wir bekommen alle unseren Willen, so, wie es uns recht ist: Dein Vater sieht dich gut versorgt mit einem Abschluss, mein Bruder ist seine Schulden bei ihm los, du musst nicht in die Schule gehen und kannst machen, was du willst und ich verdiene mir etwas dazu, ohne mehr Arbeit zu haben. Ein Spiel ohne Verlierer."

„Aber was, wenn jemand Verdacht schöpft?"

Der Lehrer lachte.

„Wer, bitte? Wie viel Zeit hat es in Anspruch genommen, um hier hoch zu gelangen? Vier Stunden, oder fünf? Niemand verirrt sich hierher, wenn es nicht nötig ist. Meine Schule hat nur ein Dutzend Schüler, alles Bauernkinder. Die Behörden waren schon seit Jahren nicht mehr hier und du und ich, wir sind die Einzigen, die von dieser Abmachung wissen. Wenn du uns nicht verrätst, Anton, dann tut es keiner."

Ich spürte gleich, dass ich dieser Entscheidung nicht gewachsen war. Sie war zu folgenreich, um sie zu Ende zu denken. Also ließ ich meinen Bauch entscheiden. Und der hätte seine Seele verkauft, um nie wieder auf einer Schulbank sitzen zu müssen.

Ich schlug ein. Sichtlich erfreut lehnte sich Marc in seinem Stuhl zurück.

„Es ist jetzt März. Denkst du, dass du das Geld bis zum neuen Schuljahr beisammen bekommst?"

Ich nickte.

Als er mich an der Haustür verabschieden wollte, riskierte ich einen letzten Blick auf sein Zimmer, all die Bücher, die Unordnung, die Wäscheleine, den Staub.

„Verdienen sie als Lehrer so wenig, dass sie auf mein Geld angewiesen sind?“, fragte ich.

„Wenn man hier weg will, dann schon“, sagte er und schloss die Tür.

In den nächsten drei Jahren bezahlte ich meine Raten pünktlich und ließ es mir gut gehen. Die Sonne wollte jeden Tag scheinen, so glücklich und zufrieden war sie über meine Entscheidung.

Ich fand eine Arbeit als Kellner in einem Café unweit von unserem Haus. Auch der Besitzer hatte bei meinem Vater einiges gutzumachen, weil er ihm irgendwie aus der Klemme geholfen hatte, und so gab er mir den Job, ohne Fragen zu stellen. Zunächst ließ er mich nur die Tische wischen und das dreckige Geschirr spülen, bald aber fand er Gefallen an mir und ich durfte mir von seinem Geld ein neues, schwarzes Hemd kaufen und allein die Gäste bedienen.

Mein Vater kam oft mit meinem Onkel Pash und frönte seinem Alkoholproblem, das zugenommen hatte, seit der

Rücken ihn täglich quälte. Er blieb oft den ganzen Tag lang sitzen, trank Raki und Kaffee, auch wenn mein Onkel schon lange gegangen war, und beobachtete mich. Er schien nicht unzufrieden mit meinem Lebensweg und schätzte die Spitzfindigkeit, mit der ich mich aus der Schule gemogelt hatte, obwohl er die genauen Abläufe meiner Abmachung mit Marc nicht kannte.

So vergab ich ihm gerne, wenn er manchmal herrisch wurde und die Bestellung, die ich ihm soeben gebracht hatte, zurückgehen ließ, um mich zu ärgern.

Als ein Jahr vergangen war, sprach Marc mich bei nächster Gelegenheit an:

„Was hast du gelernt in den letzten Monaten?"

Ich verstand die Frage nicht gleich.

„Ich weiß nicht genau, wie du an das Geld kommst, das du mir immer bringst. Eigentlich ist es mir ja auch egal, aber mit deinem Kopf hast du es bestimmt nicht verdient, oder?"

Ich verstand immer noch nicht, was Marc an mir auszusetzen hatte, bis er mir ein Buch in die Hand drückte, schwer und in einem ledernen Einband.

„Lies wenigstens irgendwas!", sagte er und Zorn lag in seiner Stimme, dass ich in meiner selbstgewählten

Unvernunft so glücklich war. Ich wollte ihm das Buch schon zurückgeben, aber er sagte, dass es bei mir besser aufgehoben sei, auch wenn ich das jetzt noch nicht erkennen könne.

Wochenlang lag das Buch auf dem Tresen des Cafés, sammelte Staub und sog den Geruch gemahlener Bohnen in seine Seiten auf, bis ich es an einem untätigen Nachmittag, an dem es zu heiß war für Gäste, zur Hand nahm.

Weder erinnere ich mich heute an seinen Titel noch an den genauen Inhalt. Es war alt, die Seiten vergilbt, die Buchstaben vor Jahrzehnten gestanzt und es handelte von Stil und Schrift, von Grammatik und irgendetwas anderem. Das Gefühl aber, das es in mir auslöste, ist noch heute in meinen Gedanken präsent: Das Buch war zäh, jede Zeile, jedes Wort strengte mich an, jede Seite, die ich gelesen hatte, erschöpfte mich, bis ich den Elan verlor und es Nase rümpfend in irgendeine Ecke warf.

Leider wollte der Sommer nicht vorübergehen. Gäste blieben oft aus, oder es waren so wenige und so bekannte Gesichter, dass ich meinen Platz hinterm Tresen nur selten verlassen musste.

Am Ende des Sommers hatte ich das Buch ausgelesen, ohne auch nur ein Wort verstanden zu haben. Ich empfand ein seltsames Gefühl, wenn ich es aufschlug.

Las ich zunächst noch aus Langeweile, so packte mich bald der Ehrgeiz, mir Seite um Seite einzuprägen, obwohl mir sein genauer Inhalt versperrt blieb. Ich wollte wissen, wie das Buch endete, obwohl es keine Geschichte erzählte, sondern nur eine Reihe von Schreibübungen beinhaltete, die ich wieder und wieder las, bis ich mir ihre Form eingeprägt hatte. Mit einem Mal war alles Poesie, sobald ich das Buch zur Hand nahm.

Ich weiß nicht, ob ich es bedauern soll, dass dieses Gefühl nicht anhielt. Der Winter kam und mit ihm die Gäste und ihm darauffolgenden Frühjahr starb mein Vater.

Ich kündigte im Café und damit auch den Büchern. Meine Mutter brauchte mich im Haus, jetzt, da mein Vater nicht mehr war, meine Schwester eine eigene Familie hatte, mein Bruder an seiner Karriere feilte und sich weigerte, zurückzukehren und die Kleinen noch zu jung waren, um in die Schule zu gehen.

Die Kuh wollte versorgt werden, die Hühner und Schweine, der Garten gepflegt, die Werkstatt musste ausgeräumt und verkauft werden, weil ich nicht genug von Autos verstand, um sie weiterzuführen.

Petr brach die Schule ab, verstritt sich darüber mit seinen Eltern und floh ins Ausland.

Ein letztes Mal noch erklomm ich den Berg, sah das kleine Holzdorf in seiner Lichtung schlafen und besuchte Marc.

„Tut mir leid, dein Verlust“, sagte er. „Ich meine es ernst. Aber ohne Geld, kein Abschluss. Du wusstest, worauf du dich einlässt. Nimm die Zeugnisse, die du schon hast. Sie sind gut, überdurchschnittliche Noten, wie versprochen. Streng dich an und stell mit ihnen irgendetwas auf die Beine.“

Er versuchte, so ernst und entschieden wie möglich zu klingen. Sein Gesicht aber verriet, dass er echtes Mitleid mit mir hatte.

Der Dudelsackspieler

Dieser Mann dort drüben. Spielt er nicht eine Melodie, die ich kenne? Dieses eine Lied aus Kindertagen, das nach Eierkuchen riecht und Tabakqualm?

Er spielt es weder sonderlich gut noch mit viel Elan, und trotzdem, ich kann nicht weitergehen. Ich sehe seinem Instrument zu, wie es sich aufbläht. Das karierte Muster droht zu platzen. Ich betrachte die langen Pfeifenrohre, ganz in schwarz und glänzend in der Sonne, aus denen jene Musik erklingt, die mich zum Kind werden lässt.

Ich sehe mich selbst, strohblond, vielleicht zehn Jahre alt. Es ist Samstag, ein Sommermorgen. Opa sitzt da, in seinem Schaukelstuhl, stopft sich eine Pfeife. Blau-grüner Rauch steigt auf aus ihrem Innern. Er durftet nach Holz und Eisen, süß und herb zugleich.

Opas Gesicht verschwindet hinter einer Wand. Er liest die Zeitung, pafft und knurrt. Bald schimpft er und tobt, wie jeden Samstag.

„Diese Bagaluten“, sagt er, fünf, sechs Mal. Alle sind sie Bagaluten für ihn, die Reichen, die Armen, die Ausländer, alle, die nicht sind wie er. Er blättert um. Ein Knistern wabert durch den Raum. Ich zucke zusammen.

„Diese Politiker“, sagt er. „Alle gleich, Sack übern Kopf und draufgehauen!“

Bald beruhigt er sich wieder, so wie immer, zupft an seinem grauen Schnurrbart, dessen Spitzen gelb gefärbt sind vom Nikotin.

Opa erreicht den Sportteil der Zeitung. Jetzt wird er sich über alle Mannschaften aufregen, die nicht Eintracht Frankfurt heißen und dann wird er sich über den Trainer von Eintracht Frankfurt aufregen, weil er ein „inkompetenter Idiot“ ist. Damals wusste ich noch nicht, was inkompetent bedeutet, aber heute kann ich wohl mein halbes Leben mit diesem Wort überschreiben.

Opa zieht ein Gerät aus der Tasche, gebogenes Metall, stopft seine Pfeife erneut, zündet sie an, süßer Tabakqualm in der Luft.

Ich schaue hinüber zu Oma. Ich sehe ihren Kopf nicht. Das lebenslange Stehen hat ihren Rücken zu einem Buckel verkommen lassen. Sie rührt in einem Topf, salzt nach, schmeckt ab. Bald wird sie das Mittagessen servieren: Haferflockensuppe, Eierpfannkuchen, Kartoffeln und Gurkensalat, wie jeden Samstag.

Meine Eltern sind arbeiten, eigentlich immer. Oma trägt eine Schürze, die schon ihrer Oma gehört hatte. Sie ist mit vier Lagen Fettkruste beschmiert und leuchtet, wenn das Licht richtig fällt.

Oma hätte gern eine Schule besucht, damals, als die Welt noch keine Farbe hatte und alle wie durch Plastikfolie sprachen, aber sie durfte nicht. Sie hat nur kochen gelernt, waschen und wischen, fegen und Kinder kriegen. Vier hat sie bekommen. Eins davon ist Mama, die mich um zwei Uhr abholt.

„Es war eine glücklichere Zeit damals", das sagt Oma oft. Als sie ihr erstes eigenes Auto gekauft hat, als sie mit vierzehn ihre erste Zigarette geraucht hat und damit Dorfgespräch geworden ist. Barfuß ist sie immer gelaufen, Ballerina haben sie sie genannt.

Opa knurrt schon wieder. Er ist beim Lokalteil der Zeitung angekommen. Gleich schimpft er wieder auf den Bürgermeister und seinen Anhang, weil die gesamte Kommunalverwaltung sich weigert, das Ortsschild um zweihundert Meter zu versetzen, damit die Autos nicht so schnell ins Dorf fahren können.

„Wenn ich aus der Kneipe komme und jemand überrollt mich, weil er MITTEN IM DORF noch hundert fahren

darf, könnt ihr dem Herrn Bürgermeister ja einen Gruß ausrichten“, sagt er.
Über das Ortsschild spricht er oft. Es scheint ihn sehr zu ärgern. Opa nippt an seinem Sherry.
Er trinkt oft Sherry, wenn er sich aufregt. Meistens eine ganze Flasche, dann ist er so müde, dass er in seinem Schaukelstuhl einschläft. Oma deckt ihn dann zu, strickt oder flickt und wartet, bis er wieder aufwacht.
Meine Großeltern sind seit fast fünfzig Jahren verheiratet. Sie mussten, weil Oma schwanger wurde damals und weil sie geraucht hat.
Es ist zwölf Uhr. In zwei Stunden wird Mama mich abholen, dann ist sie fertig mit der Arbeit. Papa kommt erst wieder, wenn ich schon im Bett bin. Er arbeitet oft so lange.
Oma stellt das Essen auf den Tisch. Es schmeckt nach Stille und ungesagten Worten. Ich verschlucke mich an meinem Suppenlöffel. Die Suppe ist zu salzig. Oma scheint noch immer verliebt zu sein.
Nach dem Essen versucht Oma mit mir Hausaufgaben zu machen, während sie nebenbei spült. Opa ist eingeschlafen, deshalb müssen wir ganz leise reden. Seine Barthaare wippen im Rhythmus seiner Atmung auf und ab. Wahrscheinlich träumt er von den Bagaluten, die ihn

umzingeln und vom Ortsschild, das keiner für ihn geraderücken will.
Das Radio, das hinter mir auf dem Regal steht, summt ganz leise eine Melodie, ein Flötenspiel. Eine einfache Abfolge von Tönen, ein paar hohe, fast quietschende, gefolgt von einigen tiefen. Die Melodie hat keinen Takt.
Ich bin fast ein alter Mann. Der Dudelsackspieler ist noch älter. Er hat eine Pause eingelegt, kramt einen Flachmann aus der Innentasche seines Mantels und nimmt einen großen Schluck. Sprit, Antrieb, Sauerstoff, um weitermachen zu können. Du armer Mann, wie sehr erinnerst du mich an Opa!
Der Dudelsack bläht sich wieder auf, holt aus, ein tönespeiendes Ungeheuer.
Meine Ohren wollen deine Melodie nicht mehr hören, sie ist zu traurig, aber meine Beine wollen nicht aufstehen, weil sie nicht wissen, wo sie mich hintragen sollen. Zurück ins Krankenhaus, wo Opa liegt, mit Schläuchen im Bauch? Oder auf den Friedhof, auf dem Oma schläft, ein Hauch von Asche, der im Wind verweht, eine Erinnerung aus Kindertagen, die fade schmeckt, weil die Erinnerung keine Wahrheit erzählen kann.

Spiel noch ein Lied, lieber Dudelsackspieler, ich bleibe hier und höre dir zu! Ich habe genug Münzen in der Tasche, um dich den ganzen Tag zu bezahlen, aber spiel, spiel und hör nicht mehr auf. Ich bin ein kleiner Junge und die Welt wiegt schwer. Schenk mir Eierkuchen und Gurkensalat, nenn mich einen Bagalut. Sprich mich an und frage mich, ob mir dein Instrument gefällt. Ich werde dir antworten, so ehrlich ich nur kann.
Er führt seinen Mund zur Pfeife. Er plustert seine Wangen auf. Er spielt. Meine Ohren tun mir weh, meine Füße wollen nicht gehen. Er spielt ein Lied aus Kindertagen, ein einfaches Lied, das mich an Tabakqualm erinnert.

Der neue Mensch

Als die Welt untergeht, steht er auf seinem Balkon.

Als die Stadt Feuer fängt, will er sich gerade das Leben nehmen.

Als die erste Bombe fällt, tut er einen ersten Schritt auf das Geländer.

Als sie explodiert, fegt ihn die Wucht des Aufpralls gegen die Fassade seines Apartments.

Jetzt sitzt er da, an die Wand gelehnt, rauchend, weil ihm nichts Besseres einfällt, streicht seine Krawatte glatt und betrachtet den Untergang dieser Welt, und Hass kriecht in seine Züge. Er sieht der Feuersbrunst dabei zu, wie sie die metallenen Gerippe der Hochhäuser in glühende Kohlen verwandelt, die Schreie derjenigen in den Ohren, die der Krieg unvorbereitet getroffen hat, die nicht geflohen sind mit ihren Familien.

Er hat kein Verständnis für diese Leute. Seit Wochen ist darüber berichtet worden, täglich, die Zeitungen, die Talk-Shows, die Nachrichtenkanäle, sie waren voll davon.

Die Frage ist nicht, ob der Krieg kommt, sondern wann, war das schlaue Kommentar eines Journalisten-Fuzzis.

Sirenen heulen auf und verstummen, ein karges Lächeln in dieser Wildnis aus Flammen und Granaten.
Seine Stadt ist ein Spielball der großen Politik, aber es schert ihn nicht. Er weint dieser alten, verkommenen Welt mit ihrem Konsum, ihrer Ungleichheit, ihrer Armut, ihrem Druck keine Träne nach.
Er schält sich aus seinem Sakko. Die Hitze des Krieges kriecht bis in sein Apartment im neunzehnten Stock.
Nichts soll übrig bleiben von den Metropolen dieser Welt als Staub und Ruß.
Der Krieg wütet zwei volle Tage, dann haben alle Parteien ihn verloren.
Er harrt aus auf seinem Balkon, die Zigaretten reichen für eine Woche, dann steigt er hinunter auf die Straße. Tönende Leere, brennende Autos, verkohlte Menschen, Kindergeschrei, keine Seele auf der Straße. Die meisten sind schon geflohen, denkt er. Die Provinzen sollten unversehrt geblieben sein.
Er streicht seine Krawatte glatt und fragt sich, ob er sie wohl jemals wieder brauchen wird.
Eine Gruppe junger Männer kreuzt seinen Weg, bewaffnet. Er hört ihre knurrenden Mägen und versteckt sich hinter einem ausgebrannten Autowrack.

Fünftausend Jahre menschliche Zivilisation, menschliche Entwicklung, menschliche Ethik überleben keine Woche, wenn man Hunger hat.
Als sie sich verzogen haben, läuft er in Richtung Norden, ohne zu wissen wieso. Was an seinem Wunsch zu sterben ändert sich jetzt, da das Alte in Trümmern begraben liegt? Alles und nichts. Alles, weil der Grund für seinen Wunsch verbrannt ist. Nichts, weil jetzt niemand mehr seine Antidepressiva herstellen kann. Alles, weil sie ohnehin nicht gewirkt haben.
Nach einem zweitägigen Marsch erreicht er die Autobahn. Vor ihm eröffnet sich eine Szene wie aus jedem zweiten schlechten Sci-Fi-Film: Ein Mann in Lumpen, langer Vollbart, ungekämmtes, verfilztes Haar, mit einem Einkaufswagen. Er schlägt die Scheiben der liegengebliebenen Autos ein und sucht in ihrem Innern nach Verwertbarem.
Er geht auf den Mann zu und fragt ihn, ob er wisse, ob eines der Autos noch fahre.
Leichtgläubiger Fehler. Leute anzusprechen, hat schwere Konsequenzen in der neuen Welt.
Der Mann zieht ein Messer aus seinem braunen, fleckigen Mantel und hält es ihm unter die Nase.

„Verpiss dich“, knurrt der Mann und er hebt reflexhaft die Hände.
„Okay“, sagt er und geht zwei zaghafte Schritte zurück.
„Und jetzt lass mich in Ruhe“, sagt der Mann. „Ich habe zu tun.“
Zu tun, eine Floskel aus der alten Welt, in der die Menschen stets beschäftigt waren.
Ihm bleibt also nichts übrig, als zu laufen und sich zu verstecken, bis er in Sicherheit ist.

Sein Heimatdorf liegt versteckt zwischen Berghängen und Tannenwäldern. Er erreicht es an einem Maimorgen. Der Tag ist ungewöhnlich kalt für diese Jahreszeit, vielleicht eine Folge der atomaren Explosion in Südeuropa, von der Gerüchte die Runde gemacht haben, als das Radio noch lief.
Er findet sein Elternhaus verlassen, ausgeraubt und abgebrannt. Vom Dach ist nichts mehr übrig. Der Wagen seiner Eltern, der sonst immer in der Garage steht, ist ausgeschlachtet worden. Sein Metallskelett schmückt den halben Hof.
Niemand zu sehen, kein Bewohner, kein Nachbar, kein Verwandter. Alles ist verwaist, ausgestorben, verbrannt, roh

und tot. Seit seiner Begegnung mit dem Messer-Mann hat er kein Wort mehr gesprochen. Er will dieser Welt keine Träne nachweinen. Er hat es sich geschworen, damals auf dem Balkon, aber jetzt ... Vielleicht sind seine Eltern schon unter der Erde, verscharrt mit tausenden anderen, namenlosen Seelen.

Ziellos wandert er durch die Straßen, vorbei an der Kirche, wo er seine Konfirmation gefeiert hat, vorbei an dem alten Holzpavillon, an dem er Anne, seine Kindergartenliebe, das erste Mal geküsst hat, vorbei an dem kleinen Waldstück, wo er mit einem Freund seine erste Zigarette geraucht hat.

Sein Verstand unterlegt diese Bilder für ihn mit einem warmen Sepia-Filter. Alles riecht nach zu Hause, alles schmeckt nach einer Zeit, die lange vorbei ist.

Bald erreicht er das Gemeindezentrum, das seinen Großeltern noch als Schule gedient hat, das seit einiger Zeit aber nur noch für die jährliche Faschingsveranstaltung genutzt wurde. Es liegt auf einem Hügel am äußersten Ende des Dorfes.

Ein alter Mann mit einer noch älteren Flinte und einem Dobermann steht am Eingang des Hauses. Der Onkel eines Schulfreundes von ihm.

Er erkennt ihn nicht gleich, als er ihn grüßt. Seine Augen schauen in den zweifachen Lauf einer geladenen Waffe.
„Leon, bist du´s?“, fragt der Mann, sichtlich verwundert, ihm in dieser Einöde zu begegnen.
Er nickt.
„Ja, ich bin´s“, antwortet Leon.
Der Mann nimmt ihn in den Arm.
„Schön, dass du´s hergeschafft hast“, sagt er.
Er führt Leon zu den anderen, die im großen Saal des Gemeindezentrums liegen, gestapelt wie Kartons.
Sie verstecken sich hier, zusammengekauert, und warten auf die Rückkehr eines Staates, der für immer verloren ist.
Seine Mutter umarmt ihn und kneift ihm in die Wangen, sein Vater will wissen, wie es um die Welt steht.
Leon erzählt von den Bomben und dem Atomsprengkopf, von den Geflüchteten und den hungrigen Banden. Die Banden kennen sie bereits. Eine von ihnen ist vor zwei Tagen durchs Dorf gezogen und hat alles mitgenommen, was in der alten Welt mal einen Wert besessen hat.
Alles ist verloren und vergangen. Was bleibt ihnen übrig?

Sie berufen einen Rat ein, diskutieren, debattieren, überlegen sich das weitere Vorgehen. Sie entscheiden sich dazu, die kleine Gärtnerei von Leons Eltern wieder in Schuss zu bringen, denn der Hunger ist ihr größtes und dringendstes Problem.

Sie stellen Abteilungen von Freiwilligen ab, die Aufräumarbeiten erledigen, wählen seine Mutter, die einzige Gärtnerin im Dorf, zur Vorsteherin der Anlage, während die Übriggebliebenen sich um die Kranken und Verletzten kümmern.

Am zwanzigsten Tag, als die Vorräte aufgebraucht sind, pflanzen sie den ersten Samen. Seine Mutter überwacht ihre Arbeit, hilft und berät.

Aber die Pflanzen wachsen nicht schnell genug. Leere Bäuche gehen umher, Kindergeschrei. Sie brauchen Medizin für die Alten, Windeln, Feuerholz. Sie nehmen es sich einfach.

Der alte Förster zieht mit einigen Jungen und Mädchen in den Wald aus. Sie schießen ein Reh, ein Wildschwein oder zwei. Sie schlagen Bäume um und sägen ihre Äste ab.

Ein paar Mutige unternehmen eine Expedition ins nächste Dorf. Dort liegen eine Apotheke und ein Supermarkt. Sie hoffen auf Konserven und Tabletten. Ihre Beute ist gut, Nahrung für drei Tage und Schmerzmittel gegen das

Fieber, an dem jeder Zweite leidet, sei es aus Hunger oder wegen der Nerven.

Carsten allerdings, ein zierlicher Junge, etwa zehn Jahre jünger als Leon, der in einem früheren Leben einmal Finanzbeamter werden wollte, ist nicht mehr unter ihnen, als sie wiederkommen. Ein Heckenschütze hat ihn getroffen.

Sie trauern, pflücken Blumen von den Feldern, trösten seine Eltern und heben ein Grab für ihn aus. Sie halten Reden auf den Toten und trinken Schnaps, um seinen Übergang auf die andere Seite zu besiegeln, bis der September vor der Tür steht.

Die Ernte fällt üppiger aus, als sie es erwartet haben. Die Speicher sind voll, für den Moment.

Der Rat tagt wöchentlich. Es gibt keine Reihenfolge, keine Leitung, bloß Menschen, die sich einbringen, die Anträge stellen und per Mehrheit Entscheidungen treffen. Aber der Rat arbeitet zu langsam, wichtige Aufgaben drängen sich ihnen auf, der Winter kommt.

Die Bewohner geben Leon ein Mandat. Sie erteilen ihm die Aufgabe, eine Satzung auszuarbeiten, die Grundlage einer Gemeinschaft, eines Übergangs, bis sie alte Ordnung wiederhergestellt ist.

Nur sein Vater, sein alter, greiser Vater, der sein Leben lang als Händler gearbeitet hat, nimmt nicht an den Sitzungen teil, bringt sich nicht ein, beobachtet, kritisiert, ohne ein Wort zu sagen, beurteilt den Weg, den sie einschlagen wollen, mit Rabenaugen.

Da er an Rückenschmerzen leidet, die ihm das Arbeiten auf den Feldern unmöglich machen, teilen sie ihm die Aufgabe zu, das Radio zu überwachen und auf Nachrichten zu warten. Er sitzt auf einem Stuhl in der hintersten Ecke des Gemeindezentrums und durchsucht alle Frequenzen. Aber das Radio bleibt stumm.

Leon bezieht ein provisorisches Büro, einen Raum, durch den der Wind pfeift, setzt sich an einen von Staub bedeckten Schreibtisch und arbeitet eine Woche lang an jener Verfassung, die nun vor uns liegt. Er hat sich bei mir für seine zugegebenermaßen ziemlich pathetische Wortwahl entschuldigt, aber in dieser Situation des Zwielichts, in der das Alte schwanger ging mit etwas Neuem, war es für ihn die einzige Möglichkeit eines angemessenen Ausdrucks.

Aus Gleichheit erwächst Freiheit. Daher verstehen wir uns als gleichberechtigte Bürger dieses Dorfes, als selbstverantwortliche Wesen, als selbstverwaltete, selbstgenügsame Gemeinschaft. Wir bestellen das Land auf Grundlage der Freiwilligkeit.

Wir verwalten die von uns hergestellten Güter nach dem Prinzip der wirtschaftlichen Uniformität. Jeder Mensch schafft, wozu er fähig ist und ein jeder nimmt sich, was er benötigt.

Die Glieder dieser Gemeinschaft verpflichten sich zu gegenseitigem Respekt, zu Hilfe, zu freiwilliger Tätigkeit in Bezug auf die Versorgung der Kranken.

Solange kein Staat mehr über uns wacht, bildet der wöchentlich tagende Rat die Stütze unserer politischen Verfassung. Ein jeder darf sich in ihm äußern, unabhängig von Alter, Geschlecht oder Beruf. Der Rat wählt einen Präsidenten und er beruft ihn ab, sollte dieser sich gegen die Entschlüsse der Gemeinschaft wenden oder die Prinzipien dieser Satzung verletzen. Der Rat entscheidet weiterhin über die Aufnahme von Fremden, die die Grenzen unseres Dorfes passieren und um Schutz bitten.

Wir wissen um den Unterschied zwischen Recht und Unrecht. Daher sanktioniert diese Gemeinschaft den

Bruch der oben aufgestellten Prinzipien mit der Verbannung. Wer kein Teil des Ganzen ist, ist nicht er selbst.
Wir sind weder wissentlich noch willentlich in diese Welt geboren worden, und doch ist es unsere Aufgabe, als neue Menschen aus ihr hervorzugehen.

Mit knapper Mehrheit verabschieden sie ihre neue Verfassung. Leons Vater steht aus seinem Stuhl auf und ergreift erstmals das Wort:
„Wir können in diesen Zeiten nicht genügsam sein“, sagt er. „Wir müssen Handel treiben! Was, wenn die nächste Ernte wieder schlechter wird? Was, wenn wieder so eine Bande durch unser Dorf zieht? Wir müssen uns mit anderen Menschen verbünden, wir müssen in alle Richtungen ausziehen und Kontakte knüpfen. Wir können uns nicht auf uns selbst verlassen.“
Leon und sein Vater stehen sich gegenüber, die restlichen Bewohner in einem Kreis um sie herum. Leons Vater schäumt, läuft rot an und droht seinem Sohn mit der erhobenen Faust.
Alte Narben brechen in ihm auf. Der Vater hat es nie verkraftet, dass Leon seinem Beispiel nicht gefolgt ist, dass

er ihn und seine Mutter verlassen hat, um in die Stadt zu ziehen.
„Du hast keine Ahnung, wie es um unser Dorf steht“, brüllt er. „Du bist nur zurückgekehrt, um nicht zu verhungern.“
Die Bewohner hören nicht auf ihn. Keiner von ihnen will noch ein einziges Mal die Grenzen des Dorfes passieren. Carstens toter Körper baumelt als Warnung über ihren Köpfen.
Sie pflichten Leon bei, dass sie in dieser Situation autark sein müssten, soweit es eben möglich sei. Handel sei ein Ausdruck des Alten. Sein Nutzen wiege die Gefahr, die man für ihn eingehen muss, nicht mehr auf. Je größer die Gemeinschaft werde, desto mehr Mäuler müssten versorgt werden.
Sein Vater akzeptiert seine Niederlage nicht. Er verlässt das Zentrum, richtet sich mit ein paar Freunden ein Zimmer in seinem Haus ein und bleibt dort als Einsiedler. Von Zeit zu Zeit bringt Leons Mutter ihm etwas zu Essen, legt Holz nach. Seine Rückenschmerzen werden immer schlimmer, sobald der erste Schnee fällt.
Ein sturer Bock ist er, sein alter Vater. Er liebt ihn, immer, jeden Tag, Leon hat es mir versichert.

Aber es bleibt keine Zeit für eine Aussprache. Benzin muss her, Strom, ein Generator, jeden Tag Nahrung, frisches Wasser.

In den Abendstunden, wenn die Feldarbeit erledigt ist und die Pflanzen sich im Mondlicht sonnen, zieht Leon durch die Straßen, bewaffnet mit einem Schlauch, um Sprit aus den Tanks der liegengebliebenen Autos zu ziehen. Damit befeuern sie einen alten Generator, der das Zentrum mit Licht versorgt in diesen dunklen Tagen, die drohen, sie alle zu verschlucken.

Ansonsten gibt es wenig zu tun in den kalten Monaten. Die große Ernte ist eingefahren, die Lager leeren sich mit jedem Tag, aber es wird reichen, wenn ein jeder sich nur die festgelegte Portion nimmt, wenn keiner über die Stränge schlägt, wenn alle ausharren und sich den Beschlüssen des Rates fügen.

Sie verlassen das Dorf erst wieder, nachdem alle Tanks leergesaugt, jeder Heizkessel trocken, jeder Tropfen Benzin oder Öl aufgebraucht ist.

Leon treibt einige Gefährten zusammen. Sie kriechen den Hügel hinunter, an dessen Spitze ihre neue Welt thront, und laufen einige Kilometer durch den Wald, um unerkannt zu bleiben.

Nach einem Tagesmarsch erreichen sie die Tankstelle. Natürlich sind alle Zapfsäulen außer Betrieb.
Eine Frau schleicht aus dem Inneren des Verkaufsladens, der der Tankstelle angeschlossen ist. Sie heben ihre Waffen, die Frau ihre Hände.
„Benzin!“, schreit Leon.
„Leon?“, fragt die Frau.
Er erinnert sich an diese blonden Locken, dieses freundliche Grinsen, die Zeitungen und den Kaffee. Ihr gehört dieser Laden. Leon ist ziemlich verliebt gewesen in sie, als er ein kleiner Junge war. Seine Eltern haben ihn oft zu ihr geschickt, um Zigaretten zu holen und er ist auf sein Fahrrad gestiegen, hat sich diesen und jenen Vorwand ausgedacht, um noch eine Weile in ihrem Laden bleiben zu können, manchmal bis sie absperrte und ihn rauswarf.
Seit einem knappen Jahr hat sie sich hier verschanzt, gewartet, sich von Kaugummis und Schokolade ernährt.
„Schön, dein Gesicht zu sehen“, meint sie.
„Wieso bist du noch hier?“, fragt Leon. „Wieso bist du nicht schon tot?“
„Tot?“, fragt sie, sichtlich erstaunt wegen seiner unangemessenen Frage.

„Ich bin die Einzige, die weiß, wie man die Säulen zum Laufen bringt. Ich habe ein Druckmittel und jeder, der ein helles Heim und einen warmen Arsch will, versteht das."

„Hilfst du uns?"

„Wenn ihr mich mitnehmt. Mein Laden ist fast leer. Ich habe nichts mehr zu essen."

Sie füllen zwölf Kanister mit frischem Benzin, dessen Geruch man erst zu schätzen lernt, wenn es einem fehlt.

Sie wickeln die strohblonde Frau, die auch ein Jahr nach der Apokalypse nach frischer Seife riecht, in eine Decke und begleiten sie zurück ins Dorf.

Der Rat wird einberufen, um über die Aufnahme der Frau zu entscheiden.

„Wir haben kaum genug zu essen für uns selbst."

„Sie soll da bleiben, wo sie hergekommen ist."

„Wenn sie uns keinen Sprit bringt, ist sie wertlos."

Dies sind die Einwände.

„Wenn ihr sie nicht aufnehmt, trete ich als Präsident zurück", sagt Leon.

Zischende Stille im Saal. Es findet sich eine Mehrheit für die Einbürgerung der strohblonden Frau.

Das Leben durchdringt sie wieder, als die Tage länger werden. Ihre Gemeinschaft, geformt durch Leons Satzung, geleitet von seiner Person – sie hat den Winter überlebt.
Sie alle, jeder nach seinen Fähigkeiten, nach seinen Talenten, Bedürfnissen und Leistungen, sie haben dieser kargen, verdorrten Welt getrotzt.
Der Winter aber war ein Witz im Gegensatz zu den Ereignissen, von denen ich euch jetzt erzählen will:

Leon wird die Botschaft zugetragen, dass sein Vater, den er Monat um Monat aus seinen Gedanken verbannt hat, mit ihm sprechen wolle. Er will ihn nicht besuchen, er hat zu viel zu tun. Gerade baut er eine Miliz auf, um die Gemeinschaft gegen die Banden zu verteidigen.
Aber seine Mutter bittet ihn, den Vater zu besuchen. Ihr hat er noch nie einen Wunsch abschlagen können.
Er ist faltig und unrasiert. Er hockt in einer Ecke seines Zimmers, stopft sich eine Pfeife, mustert seinen Sohn, dessen Anzug, die Krawatte, beides verschlissen von der Zeit und dem Schmutz dieser Tage.
Er beginnt ihr Gespräch mit folgenden Worten:
„Ich habe deine Satzung gelesen. Sie ist falsch."
„Was meinst du damit?"

Er pafft an seiner Pfeife, bevor er antwortet. Das tut er immer, wenn er seinen Sohn einschüchtern will, seit dieser sich erinnern kann.

„Du kannst den Menschen nicht in eine Hand voll Sätze pressen. Du kannst niemandem befehlen, gleich zu sein, niemanden dazu zwingen, für die anderen zu leben. Der Mensch ist zu verschieden, zu uneins mit sich selbst, als dass er deinen geflügelten Worten folgen könnte. Was ist mit seiner Selbstsucht, seinem Egoismus? Was ist mit seinem Streben nach individueller Freiheit, seinem Drang, eigenverantwortlich zu handeln, Entscheidungen selbst und ohne Rücksicht auf andere zu fällen? Du lässt in deiner Welt keinen Platz für die Abgründe der menschlichen Natur."

„Es gibt keine menschliche Natur", antwortet Leon. „Nur Menschen, die leben und die sich an ihre Umwelt anpassen. Sie werden sich an dieses Leben gewöhnen, an die Satzung, an die Gleichheit. Sie werden nur die Gemeinschaft kennen, in der sie aufgehen werden. Wir müssen nicht mehr hassen. Wir müssen keine Abneigung mehr kennen, keinen Stolz, keinen Egoismus, keine Furcht, keinen Staat, keine Macht, keine Autorität. Alles liegt in unserer Hand."

„In deiner Hand, nicht wahr?“

„Die Leute haben abgestimmt und sich für meinen Weg entschieden. Du kannst mitziehen, wenn du willst. Ich lade dich ein.“

Sein Vater lacht.

„Du lädst mich ein? Von wem hast du nur diese Eitelkeit? Die anderen reden schon über dich. Sie tuscheln, wenn du nicht da bist. Sie nennen dich Kaiser Leon hinter deinem Rücken. Du warst der Einzige, der die Tankstellenfrau hier haben wollte.“

„Sie hätten mich abwählen können“, antwortet Leon.

„Sie trauen sich nicht, weil sie Angst haben. Du hast sie durch den Winter gebracht und sie sind dir dankbar dafür. Sie fürchten sich vor dem nächsten und übernächsten, vor jedem neuen Tag, den sie ohne Strom verbringen müssen, vor jeder Mahlzeit, die sie auslassen müssen. Deine Gemeinschaft kann nur in der Not existieren. Dein neuer Mensch ist ein Produkt des Mangels. Sobald jeder wieder für sich selbst sorgen kann, verbrennen sie deine Satzung und begraben deine Visionen unter fünf Hand breit Erde.“

„Du bist so ein verblendeter, sturer Mann“, zischt Leon. „Sie werden es akzeptieren, und wenn ich sie dazu zwingen muss.“

„Kaiser Leon“, murmelt sein Vater.

„Still“, schreit Leon. „Sei still!“

Er schlägt mit der flachen Hand gegen die Wand.

„Verdammt, Papa, wieso folgst du mir nicht einfach?“, denkt er.

Er muss ihn loswerden, egal wie. Er ist ein Störenfried, ein Kritiker, der ihm im Wege steht. Er braucht nur noch einen Grund, um es vor den anderen zu rechtfertigen.

Sein Vater liefert ihm diesen Grund auf dem Silbertablett.

Neben ihm stapeln sich Kisten, bestückt mit den Früchten ihrer Felder, mit Holz aus ihren Wäldern, Fleisch von ihren Tieren. Mutter hat sie ihm gebracht.

Leon erhebt sich, wankt auf schlotternden Knien auf seinen Vater zu, legt seine schweißnasse Hand auf dessen Schulter.

„Wenn du dich gegen mich stellst“, flüstert er. „Dann trage auch die Konsequenzen.“

Leons Blick wandert hinüber zu den Vorräten.

„Du hortest Nahrung, die uns allen gehört. Du brichst die Prinzipien unserer Satzung. Darauf steht die Verbannung.“

Seine Pfeife ist verglüht. Mit dem Zeigefinger klopft der Vater die Asche aus ihrem Schacht.

„Dann führ mich ab, Kaiser Leon“, sagt er.

Sein Vater wird unter Arrest gestellt, bis sie Zeit haben, ein ordentliches Gerichtsverfahren gegen ihn einzuleiten. Leon fragt die versammelten Bewohner, wen sie zum Richter ernennen wollen, ob sich ein Gegenkandidat aus ihren Reihen finden lasse. Sie senken ihre Köpfe.

„Wer kein Teil des Ganzen ist, ist nicht er selbst", ruft Leon aus, die Faust erhoben, bereit, seinen eigenen Vater in die Ödnis zu vertreiben, seinen Vater, der einen krummen Rücken hat, der alt ist und verbraucht. Er muss es tun, für ihre Zukunft, für die Idee. Er selbst hat Leon dazu gezwungen, dieser Sturkopf. Hätte er sich doch gefügt.

Das Gericht tagt unter freiem Himmel. Alle, die Leon nicht zu notwendiger Arbeit verpflichtet hat, strömen herbei, um dem Verfahren beizuwohnen. Um die Sicherheit nicht zu gefährden, um zu verhindern, dass irgendjemand die Versammlung stört, zieht Leon seine Miliz zusammen.

Sein Richtersuhl liegt auf einer Bühne, die er hat zimmern lassen, davor, in einem Halbrund, haben sich die Zuschauer aufgestellt, bewacht von Gewehren.

Sein Vater kniet zwischen ihm und der stummen Menge, in Handschellen.

Ein Jahr ist vergangen, seit er sich von dem Balkon stürzen wollte, ein Jahr, in dem er das Leben genossen, geschmeckt, es mit Sinn gefüllt hat, ein Jahr, in dem er eine Gemeinschaft errichtet hat, die ihm folgt.

Die alte Welt mit ihren Hochhäusern, Autobahnen, Banken und all den anderen Nichtigkeiten – sie ist verblasst in seiner Erinnerung, ein Zerrbild.

Die Sonne erwärmt sein Gesicht an diesem Tag. Sie lacht über ihn, weil sie weiß, dass er das Richtige tut.

Er beruft das Tribunal ein:

„Der Angeklagte hat wissentlich Nahrung gehortet und damit unsere oberste Regel verletzt. Darauf steht die Verbannung."

Murmeln in den Reihen, Nicken, ein leises Fluchen.

„Hat der Angeklagte ein Wort an mich zu richten? Will er sich verteidigen?"

„Nein", zischt er Angeklagte.

„Hat der Angeklagte Zeugen vorzuweisen, die seine Unschuld beteuern können?"

„Nein", sagt er halblaut.

„Ist irgendjemand von den hier Anwesenden bereit, den Angeklagten gegen die genannten Punkte zu verteidigen?"

Die Miliz geht einen Schritt auf die Menge zu.

„Niemand?"

Tosende Stille. Ein Pfeifen im Hintergrund. Ein Windhauch, der durch die Baumwipfel kriecht.
„Dann verurteile ich den Angeklagten hiermit zu lebenslanger Verbannung! Nehmt ihm die Handschellen ab. Er kann gehen."
Ein Milizionär hilft dem Vater auf die Beine, löst die Schellen und geleitet ihn durch die Menge. Er stößt mit dem Gewehrlauf in seinen Rücken. Der Angeklagte sackt zusammen. Er kriecht einige Meter, erhebt sich wieder, in die Sonne schauend, und verschwindet im Wald.

Erst im Laufe des Tages erfährt Leon, dass seine Mutter sich freiwillig zur Feldarbeit verpflichtet hat, um ihren Mann im Fall einer Verurteilung begleiten zu können.

Neue Menschen sind sie, wahrlich.
Neue Menschen mit Schuld auf dem Rücken und Blut an den Händen und er ist ihr Anführer.

Herr Kehrer

Wie jeden Montag trägt er seinen Armani-Anzug. Montag ist seit einer Ewigkeit sein Armani-Anzug-Tag. Da er nur diesen einen Anzug einer teuren und gehobenen Marke besitzt, einer Marke im Übrigen, mit der er die Kollegen auch beeindrucken kann, und das Jackett darüber hinaus auch noch so wunderbar passt, trägt er diesen Anzug immer am Anfang der Woche.

Dienstag dann trägt er den azurblauen, den seine Frau ihm einmal geschenkt hat. Freitag hingegen, wenn niemand Wichtiges mehr im Büro sitzt, genügt der Anzug von der Stange, dessen beige Hose einen zu tiefen Schnitt hat und deren Beine schon immer fünf Centimeter zu kurz sind.

So steht er vorm Eingang des „Amtes für Migrations- und Transitfragen“, kurz AMT, seinem Arbeitsplatz seit nunmehr neunundzwanzig Jahren, und raucht eine letzte Zigarette.

Diese hat er aus dem silbernen Etui gefischt, das er nur hervorholt, wenn er gute Laune hat oder die Horrorbilder von Lungenkrebs und Impotenz, die seit Neuestem auf den Packungen prangen, nicht mehr erträgt.

Herr Kehrer, so übrigens sein Name, schreitet über den weißen Flur, grüßt Kollegen, zieht sich einen Kaffee und will in sein Büro. Doch bevor er eben dieses Büro erreichen kann, muss er den *Gang der Blicke* durchschreiten, wie er den Flur heimlich nennt, in dem die Antragsteller bereits um acht Uhr morgens warten.
Sie sitzen an den Wänden, betrachten schlechte Kopien langweiliger Landschaftsmalereien und rücken beständig einen Platz nach rechts, wenn die Nummer auf der großen Anzeigetafel am Ende des Flurs umspringt.
Herr Kehrer sieht sie nicht an. Er tut es nie. Es ist für ihn zu einem Ritual geworden seit zwei Jahren, als mit einem Schlag eine große Anzahl staatenloser Seelen die Pforten des AMTes flutete und die Kollegen mit der Bearbeitung der Anträge kaum mehr hinterherkamen.
Herr Kehrer hat seit diesem Tag vor zwei Jahren knapp dreihundert Überstunden gemacht.
Abfeiern, denkt er sich an diesem Montagmorgen, dreihundert Stunden auf der Couch lümmeln und fernsehen, am Besten in Boxershorts mit Chipskrümeln im Bauchnabel. Aber sein Chef hat ihm verboten, Urlaub zu nehmen. Zu viel Arbeit, unbearbeitete Anträge in jeder Ecke, buntes Papier überall.

Manchmal macht sich Herr Kehrer einen Spaß und erzählt vor Kollegen den Witz, dass sich bald alle Mitarbeiter des AMTes die Hintern mit den unbearbeiteten Anträgen abwischen müssten, um ihrer Herr zu werden. Dann grunzt Herr Kehrer ganz unauffällig in seinen Schnurrbart.

An diesem Montag aber, an dem er wegen des Armani-Anzuges eigentlich guten Mutes ist, machen ihm die Blicke der Antragsteller besonders zu schaffen. Sie sind nervös, diese Menschen. Er weiß es, ohne sie ansehen zu müssen. Ihre Augen folgen seinen Schritten.

Ob heute wohl alle ihre Ausweisdokumente bei sich haben?

„Muss mich nicht interessieren“, denkt sich Herr Kehrer dann. „Ich habe heute keine Sprechstunde.“

Den Kopf gesenkt, um nicht angesprochen zu werden, schlurft er zu seinem Büro, schließt es auf und entzieht sich so den scheuen Blicken der Leute.

Herr Kehrer zieht die Vorhänge auf. Strahlendes Licht flutet das Zimmer. Es ist das beste Wetter für einen schönen Bürotag, voll Akten und Papier. Er schaltet den Computer ein, setzt Kaffee auf – vor dem dritten Becher ist er nicht zu gebrauchen.

Dann vernimmt sein Gehör ein Klopfen. Schon sieht er eine Gestalt vor sich, die in sein Büro stürmt und die Tür hastig hinter sich zuzieht. Ein Mann, etwa vierzig, groß, schlank, ein wenig schlaksig vielleicht, das Haar zu einem Scheitel gekämmt, wache Augen, dunkler Dreitagebart.

„Sie müssen mir helfen", keucht er. „Bitte, Herr Kehrer."

Der Mann fällt vor ihm auf die Knie, umgreift seine Beine. Er weint.

„Ich brauche Papiere für mich, für meine Frau. Schicken sie uns nicht weg."

Hinter Herrn Kehrer steht plötzlich ein anderer Mann. Er kann seinen fauligen Atem im Nacken spüren. Mit nasalem Ton flüstert der andere: „Abschieben, sofort abschieben. An die Rechtslage halten, lieber Herr Kollege:

Kommt der Mann aus einem Bürgerkriegsland? Nein.

Droht ihm sonstwie politische Verfolgung aufgrund der in Paragraph vier, Abschnitt B aufgeführten Gründe? Eher unwahrscheinlich.

Verfolgen wir in seinem Herkunftsland irgendwelche nennenswerten wirtschaftlichen Interessen?

Handelsvolumen von rund acht Milliarden Euro im Jahr, ein Witz.

Ergo: Kein Grund für eine Aufenthaltsgenehmigung erkennbar. Sofortige Abschiebung. Und nebenbei: Die Sache mit der Frau nimmt dem doch so oder so keiner ab."
Herr Kehrer wird stutzig. Der Mann hinter ihm hat Recht. Dem Mann vor ihm kann kein Asyl gewährt werden. Herr Kehrer dreht sich um. Der Mann-im-Recht ist ein alter, halbblinder Greis, auf einen Stock gestützt, einen Arm auf dem Rücken. Er trägt einen dunkelblauen Talar, auf dem faltigen Kopf thront eine weiß gepuderte Perücke.
Herr Kehrer blinzelt zwei Mal. Die beiden Männer verschwinden. An ihrer Stelle steht Schmitz, ein Kollege und Bewohner des Büros nebenan, in der Tür, einigermaßen verwundert.
„Störe ich?", fragt er, als habe er seinen Mitarbeiter in einer für beide äußerst peinlichen Situation erwischt.
„Soll ich später wiederkommen?"
„Nein, Nein", stammelt Herr Kehrer. „Alles gut, ich habe nur ein wenig ... geträumt."
Schmitz tut einen großen Schritt in die Mitte des Raums. Unter seinem Arm versteckt sich ein etwa dreißig Zentimeter dickes Bündel. Akten, wie immer Akten.
„Diese Anträge sind gerade reingekommen", sagt Schmitz mit Blick auf sein Präsent. „Oberste Priorität, Befehl von

ganz oben. Ich hab´ gehört, dass die Leiterin, also ich mein *die* Leiterin Frau Hellweis-Walmann, also die große Chefin - du verstehst? - also die hat jedenfalls persönlich in unserer Abteilung vorgesprochen gestern und gesagt: »Direkt bearbeiten und, was viel wichtiger ist: Abschieben«. Keiner dieser Leute hier unter meinem Arm darf länger als nötig in unserem Land bleiben, hat sie gesagt."

Gelangweilt und doch wie unter Strom schaut Herr Kehrer auf die Ablage voll Papier und Namen, voll Anträgen und Ausweisungen. Sie nimmt die Hälfte seines Schreibtischs ein. Gerade, als er dachte, etwas voranzukommen in diesem Stapel, als er meinte, die liegengebliebene Arbeit der letzten Monate bearbeiten zu können, wenigstens einen Teil, da kommt Schmitz die Tür herein mit einem Befehl von ganz oben.

„Leg sie irgendwo hin. Ich kümmere mich drum", sagt Kehrer und seufzt.

Manchmal, wenn der Mond gut steht, träumt er von diesen Akten.

Als Schmitz sich verzogen hat, leert Herr Kehrer seinen schon kalten Kaffee in einem Zug, hängt das Jackett von Armani ordentlich über seinen Schreibtischstuhl, krempelt die Ärmel hoch, setzt die Brille auf, die ihm die Aura eines

Grundschullehrers verleiht, und fischt ein erstes Blatt vom Stapel:

Vor- und Zuname, Geburtsdatum, Staats- und Volkszugehörigkeit, Religion, Familienstand, Geschlecht, Sprache, gegenwärtige Anschrift. Antrag auf uneingeschränkten Asylzugang, Zuerkennung von internationalem Schutz und Anerkennung der Asylberechtigung.

Herr Kehrer kramt in seiner Schublade. Sorgfältig positioniert er das Stempelkissen rechts neben dem Antrag, drückt den Stempelkopf hinein und lehnt den Antrag ab.

Er legt das Papier in das Ablagefach mit der Aufschrift „Erledigt“. Dann greift er nach einem neuen Papier.

Beide Papiere sind aus dem gleichen Land. Herr Kehrer macht das stutzig. Er überfliegt die Staatszugehörigkeiten der restlichen Antragsteller, immer wieder dieses eine Land.

Hat er nicht gerade heute Morgen im Radio gehört, dass in genau diesem Land vor nicht mehr als zehn Stunden ein Bombenanschlag die Hauptstadt erschüttert hat? Neunzehn Menschen sind gestorben. Der Radiomann hat von einer „menschlichen Tragödie“ gesprochen. Ist dieses

Land nicht täglich in den Nachrichten? Hunger, Leid, die Bundeswehr.

Herr Kehrer öffnet ein Word-Dokument, darauf die jüngste Direktive des AMTes bezüglich Asylanträgen aus diesem Land. Dort heißt es, zentrale Gegenden seien befriedet, die Streitkräfte vor Ort ein Garant für Sicherheit. Zwar habe es vermehrt Gewaltakte in der Hauptstadt und in den östlichen Provinzen gegeben, allgemein sei die Lage aber unter Kontrolle. Man stehe in regem Kontakt mit den lokalen Polizeikräften sowie mit den Vertretern der Regierung.

„Du hast doch schon hunderte Anträge abgelehnt", redet Herr Kehrer sich selbst ein. „Stell dich nicht so an. In sechs Stunden ist Feierabend, dann muss der Stapel hier verschwunden sein."

Herr Kehrer betrachtet den ehemaligen Wohnsitz des zweiten Antragstellers noch einmal genauer: Ein Dorf in der Provinz Chost, östlich gelegen nahe der Grenze. Er tippt den Namen Chost in eine Suchmaschine ein:

Am 18.2.2011 ein Anschlag auf dem Marktplatz. Acht Tote.

Am 20.7.2012 wieder der Markplatz. Siebzehn Tote.

Am 27.5.2017 achtzehn Tote.

Herr Kehrer schließt den Browser und reibt sich die Augen. Der Mann aus seinem Tagtraum fällt ihm wieder ein. Alles Einbildung und Augenwischerei, oder?

„Mach deine Arbeit. Du bringst dich noch in Schwierigkeiten."

Herr Kehrer geht hinüber zum Fenster, um es zu öffnen. Ein wenig frische Luft beruhigt ihn immer. Mit der flachen Hand streicht er seine Krawatte zurecht.

Was zur Hölle ist los mit ihm? Chost ist doch so weit weg. Was sind 52 Tote in sechs Jahren? Ist es nicht viel wichtiger, die AfD aus dem Bundestag fernzuhalten? Sie müssen weg, diese Papiere, ein für alle Mal!

Der alte Mann aus seinem Tagtraum steht unten auf dem sonnengefluteten Parkplatz, seinen kümmerlichen, alten und krummen Oberkörper auf seinen Stock gestützt, die Beine zittrig wie Äste im Wind. Kehrer betrachtet ihn durch das Fenster. Der Daumen des Greises mit der Perücke zeigt nach oben. „Mach deine Arbeit, Kollege", fordert er ihn auf. „Du bist nicht hier, um Entscheidungen zu treffen."

Der andere Mann mit dem Dreitagebart und den verheulten Augen schlurft an dem Greis vorbei. Dieser zieht plötzlich eine Pistole aus seinem Talar und schießt dem Mann in den Kopf. Der Mann fällt zu Boden. Dunkelrot und körperwarm strömt Blut aus seinem Schädel. Kehrer blinzelt zwei Mal. Die beiden Figuren verschwinden.

Mit einem Mal hastet er hinaus auf den Gang. Die Wartenden sind noch da. Er mustert sie, das erste gottverdammte Mal seit Jahren. Männer, Frauen, Kinder, jedes Alter, jede Nationalität, verbunden von nur einer Hoffnung: Asyl.

Wie viele sind an seiner Unterschrift gescheitert?

Herr Kehrer beugt sich zu einem Kind hinunter. Glattes, schwarzes Haar, schulterlang, fällt ihm über die Stirn. Es spielt mit einem Holzpferd.

„Kann es sein“, denkt sich Herr Kehrer. „Dass ich der Böse bin in dieser Geschichte?“

Herr Kehrers Blut rast durch seine Venen. Seine Hände sind verklebt von Schweiß.

Er rüttelt das Kind an der Schulter. Eine Frau, die neben ihm sitzt, seine Mutter offenbar, schreckt auf. Sie zieht die Brauen zusammen, will den Mund aufmachen und Herrn Kehrer fragen, was er vorhabe mit ihrem Kind, aber Herr Kehrer bemerkt ihr Unbehagen sofort. Er legt seinen Zeigefinger auf ihre Lippen.

„Herr Kollege“, hört er Schmitz am anderen Ende des Flurs. „Was machen Sie da?“
Herr Kehrer antwortet ihm nicht. Vielmehr springt er auf, drückt sich an Schmitz vorbei zurück in sein Büro.
Schmitz bleibt fassungslos zurück.
„Wo wollen Sie hin?“, ruft er ihm nach.
„Ich habe noch zu arbeiten“, entgegnet Kehrer, während er durch die Reihen der Wartenden schwebt, deren Blicke unaufhörlich auf ihn geheftet sind.
Kehrer erreicht sein Büro, das er abschließt. Keiner soll ihn belästigen, vor allem nicht dieser Schmitz. Er setzt sich an seinen Schreibtisch, vornübergebeugt, die Anträge vor sich. Aus der Schublade zu seiner Linken, deren Knauf bedeckt ist von Staub, holt er einen zweiten Stempel hervor, grün. Er presst den Stempelkopf in das Kissen, energisch, anfallartig, und will dem ersten Antragsteller Asyl gewähren. Doch die Farbe bleibt nicht haften am Papier. Der Stempel ist trocken. Kehrer kramt noch tiefer in der verwahrlosten Schublade, neue Tinte, irgendwo muss sie sein. Er findet sie. Er gießt sie in das Kissen. Es saugt sich voll. Noch einmal presst er den Stempelkopf in das Futter, dann auf das Papier. „Angenommen“ schimmert in sattem Grün.

Er liest sie nicht, die Papiere vor ihm, sie sind Hülsen und Rauch, nichts von Wert, nicht das Geringste. Der Stempel schnurrt und singt, dumpf, melodisch wie eine Trommel. Kehrer schaut hinüber zur Tür, doch niemand nimmt Notiz von ihm. Der Stempel saust über die Papiere. Jedes Einzelne signiert Kehrer mit seiner Unterschrift, einer Unterschrift nebenbei, die er sich extra für die Arbeit im AMT antrainiert hat. Sie sollte schnörkelig sein und weich, voll Rundungen. Er hat es vergessen in den letzten Jahren.

Gegen zwei Uhr nachmittags, einhundertzwanzig Minuten vor Feierabend, hat der Papierturm auf seinem Schreibtisch aufgehört zu existieren. Kehrer streckt sich in seinem ergonomischen Stuhl, gähnt genüsslich und fragt sich, was seine Frau wohl zum Abendessen kochen würde. Ein stinknormaler Armani-Anzug-Montag.

Er faltet die positiv bescheinigten Anträge, nachdem er sie noch einmal durchgesehen hat, denn Fehler zu machen lag ihm noch nie. Dabei stößt er auf den Mann aus Chost und auf denjenigen, den er vor ihm bearbeitet hat. Auf dem ersten Papier prangert noch immer die blutrote Farbe des „Abgelehnt"-Stempels. Kehrer druckt eine Blankovorlage des allgemeinen Asylantrages aus, überträgt die Daten des

Mannes, stempelt ihn grün und lässt das Original in der Innentasche seines Jacketts verschwinden. Die gefalteten Papiere legt er sorgfältig in einen Umschlag, den er in die Hauspost wirft, adressiert an Frau Hellweis-Walmann mit besten Grüßen, ihr treuer Heiko Kehrer, Sachbearbeiter Nummer zwei im Referat für Asylverweigerungen.

Vorm Eingang des AMTes greift Kehrer nach einer Zigarette, puhlt sich einen Fussel vom Ärmel seines Anzugs und fährt nach Hause.

Ein paar Wochen später geht die ganze Sache an die Presse. Schmitz hat ihn verpfiffen, ein Reporter hat mitgehört. Frau Hellweis-Walmann kann den aufziehenden Skandal nicht mehr abwenden, nimmt ihren Hut und wird in die vorzeitige Rente verabschiedet. Schmitz wird befördert.

Es regnet draußen, als Kehrer den an ihn adressierten Brief des AMTes öffnet, zitternd, obwohl er weiß, was in ihm steht.

Wegen des noch laufenden Disziplinarverfahrens, des drohenden U-Ausschusses im Bundestag und all der anderen politischen und wirtschaftlichen Verwerfungen, die sein Fehlverhalten angerichtet habe, versetzt ihn der neue Leiter des AMTes in das behördeninterne Archiv, wo er keinen Schaden mehr anrichten könne.

Bis zu seinem fünfundsechzigsten Geburtstag sortiert, klassifiziert und dokumentiert Kehrer abgelehnte Asylanträge.

Ein Sack voll Langeweile

Ich möchte euch, den Leserinnen und Lesern dieser Geschichte, vorab sagen, dass ich die Dinge heute etwas anders sehe als damals. Ich habe Schuld auf mich geladen, dieser Fakt steht für mich außer Frage. Aber ich war ein Kind, ein dummes, leichtgläubiges Kind, das nicht wusste, was es tat. Hätte ich damals in der Haut meiner Mutter gesteckt, ich hätte mich am Kragen gepackt und solange geschüttelt, bis meine Muskeln versagt hätten. Aber ich bin nicht meine Mutter. Ich bin Maria und ich habe riesigen Mist gebaut. Allerdings möchte ich eure Nerven nicht zu lange mit meiner Vorrede strapazieren, bildet euch selbst ein Urteil.

„Mir ist langweilig“, meckert Sophie. „Wollen wir nicht was Witziges unternehmen?“
Ich rolle mit den Augen.
„Was denn bitte? Es kommt kein Bus, weil draußen Schnee liegt. Und alle anderen sind im Urlaub und fahren Ski.“

Unsere Eltern sind irgendwohin gefahren, in die Walachei oder Sibirien, oder auf den Mond. Es hat uns wenig interessiert.
„Macht keinen Ärger“, hat Mama gesagt, mit diesem Anflug von Unsicherheit und Sorge in der Stimme, den sie immer hat, wenn sie mich mit Sophie allein lässt.
„Um fünf Uhr sind wir wieder da.“
Jetzt sitzen wir schon seit Stunden auf meinem Bett und drehen uns Locken in die Haare. Alle Neuigkeiten aus der Schule haben wir schon abgearbeitet: Clara hat eine neue Frisur, Jonny postet immer so komische Oben-ohne-Bilder auf Insta, Herr Ruthendorf ist ein Arschloch, weil er glaubt, Mädchen seien schlicht zu blöd für Mathe.
Ein Sack voll mit Langeweile hängt von der Decke und droht, uns unter sich zu begraben.
„Hast du Facebook schon gecheckt?“, frage ich. „Vielleicht ist da ja was los.“
Wir kauern uns vor den Bildschirm meines Handys. Nie ist was los auf Facebook. Facebook ist prähistorisch geworden, seit unsere Eltern es auch benutzen.
Genervt nimmt Sophie mir mein Telefon aus der Hand und wirft es in die Ecke.
„Öde“, sagt sie.

„Lass uns in den Wald gehen“, schlage ich vor.

„Was wollen wir denn da?“, entgegnet sie.

„Der Tobi hat erzählt, dass er da letztens Tierknochen gefunden hat. Und besser als hier drin zu hocken, ist´s allemal.“

„Wie eklig“, meint Sophie, aber ich habe ihre Aufmerksamkeit geweckt.

Wir packen uns dick ein in Schneehosen, Bommelmützen und selbstgehäkelte Schals. Wir müssen durch knietiefen Schnee waten, um die Straße zu erreichen, weil Papa mal wieder vergessen hat, die Einfahrt freizuschippen.

Ich klopfe meine Schuhe ab. Sophie versucht, Ringe aus ihrem gefrorenen Atemm zu formen, wie ihr Vater das mit seiner Pfeife macht, aber es funktioniert nicht.

Herr Besenbang, der Nachbar, schaut grimmig aus dem Fenster, der alte Knochen, sitzt da und guckt und hat sonst nichts Besseres zu tun.

Wir stapfen los und werfen Schneebälle gegen Straßenschilder. Die Langeweile löst sich ein bisschen.

Manchmal kommt es mir so vor, als könne man in diesem verfluchten Dorf kaum atmen.

Um den Wald zu erreichen, müssen wir über eine Brücke laufen, die die A4 kreuzt. Mama hat eigentlich verboten, dass wir drübergehen, Gefahr, Gefahr, sie lauert überall. Mama ist eine fürchterliche Henne.

Ich setze einen ersten Fuß auf die Brücke, und siehe da: Ich lebe noch. Ein zweiter Schritt, kein Problem.

Bald stehen wir in ihrer Mitte, unter uns zwei Mal drei Streifen Autobahn. Die Streifen schlängeln sich zwischen dem unendlichen Weiß des Schnees bis zum Horizont.

Sophie klettert auf das metallene Geländer, setzt beide Füße auf die unterste Stufe und spuckt hinunter. Wir zählen die Sekunden, bis ihr Rotz auf der Fahrbahn aufschlägt. Es sind genau zwei.

Ein Auto huscht vorbei. Wir winken ihm zu. Der Fahrer hupt kurz und rast aus unserem Blickfeld.

„Das war witzig“, sage ich.

Wir wiederholen die Winkerei bei den nächsten sechs Autos, die an uns vorbeifahren. Die Fahrer lassen ihre Scheinwerfer kurz aufleuchten und winken zurück.

Bald aber baumelt der Sack Langeweile wieder bedrohlich nah über unseren Köpfen.

„Weißt du, was viel cooler wäre?“, meint Sophie.

Sie schaufelt einen Schneeberg auf ihre Arme, postiert sich am Geländer, wartet, bis ein Auto kommt und lässt ihn fallen. Sie ist zu früh; der Klumpen zerspringt auf der Straße, ehe der Wagen über ihn hinwegfährt.

Die Fahrerin hupt zehn Sekunden und zeigt uns den Vogel.

„Du bist n Vogel“, meint Sophie mit einem kecken Lächeln im Gesicht. „Versuch du´s mal!“

Sie drückt mir einen fußballgroßen Haufen Schnee in die Hand. Ich betrachte die Bahn mit zusammengekniffenen Augen.

Ein LKW nähert sich, rechte Spur, perfekte Position. Er ist langsamer als die Autos. Ich lasse den Klumpen los. Treffer, genau auf die Windschutzscheibe!

Der Laster kommt ins Schlingern. Der Fahrer reißt das Lenkrad herum, knallt gegen die Leitplanke, schliddert einige hundert Meter an ihr entlang, sodass hellorange Funken sprühen, und verschwindet hinter der Brücke. Wir laufen hinüber, werfen unsere Oberkörper über das Geländer.

Rauchend liegt der Laster im Graben. Die Fahrertür wird aufgestoßen und ein Mann krabbelt aus der Kabine. Sein Kopf blutet. Er versucht, einen Fuß auf die Straße zu setzen, doch seine Beine geben nach. Mit dem Gesicht zuerst fällt er auf den Asphalt.

Ein Faustschlag trifft meine Magengrube.

„Scheiße, lass uns abhauen“, brülle ich und ziehe Sophie an ihrem Jackenärmel.
„Warte noch“, sagt sie.
Ein zweiter Wagen hält an. Die Fahrerin steigt aus, zückt ihr Handy und telefoniert.
„Die holt die Bullen“, schreie ich, Rotze in der Nase.
Sophie und ich rennen weg, nach Hause, Tür abschließen und alles vergessen. Wir pirschen durch die Felder, scheiße, scheiße. Wir haben ein mächtiges Loch in die Langweile gestochen und jetzt ergießt sich ihr Inhalt über uns.
Am Ende der Straße liegt mein Haus zufrieden inmitten seines verschneiten Hofs. Wir klettern aus einem Gebüsch, rennen die Straße hinunter, noch fünfzig Meter, ein blaues Auto, das um die Ecke biegt, zwei Uniformen, die es verlassen, Angstschweiß unter meiner Winterjacke.
Die Bullen fackeln nicht lange. Prompt sitzen wir auf der Rückbank ihres Wagens. Die Bullen reden nicht mit uns. Ihr Schweigen schneidet in meine Haut. Mama wird mich umbringen.

Der alte Besenbang hat unsere Eltern angerufen, weil in seinem Leben sonst nichts Spannendes passiert.

Mama weint, Papa schnauft. Sophies Vater scheuert ihr eine, bereut es sofort und nimmt sie in den Arm.
„Wir melden uns bei ihrer Tochter“, sagen die Bullen, dann lassen sie mich gehen.
Meine Eltern verdonnern mich zu lebenslangem Hausarrest.
Ein Brief flattert ins Haus. Die Staatsanwaltschaft beschuldigt mich des versuchten Totschlages. Ich verstehe kein Wort. Mama weint seit Tagen, bis sie vor Erschöpfung einschläft, dann macht sie einfach weiter.
Papa telefoniert viel.
„Sie ist doch erst vierzehn“, sagt er. Seine Stimme überschlägt sich, wenn er mein Alter ausspricht.
Vierzehn, strafmündig.
Sie wollen, dass ich fünf Jahre ins Gefängnis gehe.
„Was hast du dir dabei gedacht?“, fragt Papa.
Einen Sack voll Langeweile.

Vier Wochen später sitze ich neben Mama im Auto auf der A4. Wir fahren zum Psychologen.
„Erzähl dem keinen Mist“, flucht Mama.

Der Psychologe trägt eine schräge, runde Brille und hat Flicken auf die Ärmel seiner Jacke genäht. Er guckt komisch.
„Was ist passiert?“, fragt er.
Ich erzähle von dem Sack und dem Schnee, Sophie und den Bullen. Er nickt und kritzelt etwas auf ein Blatt Papier.
Nach drei Stunde darf ich gehen.

Das Gericht lässt die Anklage fallen, weil ich aus Sicht des Psychologentypen *die Schwere meiner Handlungen nicht abschätzen konnte*. Ein letztes Mal im Gerichtsgebäude. Papa schüttelt unserem sichtlich zufriedenen Anwalt die Hand.
Beim Fahrer des Lasters muss ich mich entschuldigen. Seine Beine sind so schwer gebrochen, dass er die nächsten Monate in einem Rollstuhl sitzen muss. Vielleicht kann er nie mehr laufen. Ich meine es ernst, als ich ihm sage, dass ich ihn nicht verletzen wollte. Er glaubt mir nicht.

Ich habe euch schon gesagt, wie sehr ich meine Tat bereue.
Ich war dumm.
Aber ich möchte euch trotzdem fragen: Wie schuldig kann eine Vierzehnjährige sein?

Anstatt eines Nachwortes

Ich schreibe schon, seit ich schreiben kann. Aber erst seit einiger Zeit ist mir bewusst, dass ich nichts als schreiben will.
Vielen Dank deshalb, dass ihr mein Buch gekauft und gelesen habt. Es ist hoffentlich das Erste von vielen.
An jedem verkauften Exemplar verdiene ich ein paar Euro, um die Miete zu bezahlen.
Viel wichtiger ist aber, dass ich mit jedem verkaufen Exemplar eine größere Leserschaft für meine Geschichten finde, dass ich mit jedem Exemplar meinem Traum, nur noch schreiben zu dürfen, einen Schritt näherkomme.
Erzählt es euren Freunden, Bekannten, Kollegen, Familienangehörigen, wenn euch mein Buch gefallen hat.
Zum Schluss möchte ich Marlies und Felix Knoke danken, weil sie quasi alle Texte, die in diesem Buch erschienen sind, Korrektur gelesen und mich mit wertvollen Tipps unterstützt haben.

Milan Weber, 2019

ISBN 978-3-7485-4012-0
9 783748 540120 0000
www.epubli.de